고양이가 주는 행복
기쁘게 유쾌하게

불광출판사

목차

고양이와 함께한 사계

도시의 공기는 인간을 자유롭게 한다.

인간의 마음에 일단 떠오르고 나면 모든 것은 현실로 나타난다. 그래서 도시는 인간의 삶을 자극하고 또한 풍족하게 한다. 사람들이 도시로 모여드는 이유가 난순히 도시 문명의 화려함과 재화를 획득하기 위해서만은 아닐 것이다. 사람이 모여든 만큼 지식은 도시의 상상력을 증대시킨다. 호모사피엔스에게 지식의 탐구는 하나의 본능으로 기능한다. 따라서 앎에 대한 욕구와 충족은 도시 문명의 절대적인 동력이기도 하다. 주지하듯이 오늘날 유럽의 문화는 학문을 통해 형성되었다. 학문과 동시에 철학이 탄생하였고 인간은 우주 만물의 다양성 속에서 그 속에 내재하는 어떤 공통된 원리이자 전체 세계를 통섭하는 질서와 법칙에 관심을 기울였다. 이런 학문의 전통은 중세를 지나면서 지식의 이론적 체계와 커리큘럼의 제정으로 귀결되었다. 세계 곳곳에 도시 문명이 형성되기 시작했고, 무엇보다 중세로부터 현재의 우리에게 전승된 가장 의미 있는 발명품 중의 하나가 대학이라고 하듯이 도서관의 확산과 더불어 유럽 곳곳에 대학들이 세워졌다.

그렇다고 인간사회의 삶이 도시에서만 이뤄진 것은 아니다. 도시 문명에 열광하는 사람들의 한 편에 자연 속에서의 삶을 동경하는 이들은 꾸준히 도시를 벗어났다. 이것은 무엇을 말하는가. 예를 들면 별에 대한 두 학문으로 천문학과 점성학이 있는데, 전자는 별들의 운동법칙이 연구의 대상이고 후자는 별들의 언어가 관심사다. 이처럼 인간은 상상력만 있다면 어떤 식으로든 이야기를 만들어내고 세상은 살만한 것이라는 교훈을 이끌어냈다.

　내가 산중에 산다고 하여 자연인이라고 할 수 있는지는 모르겠다. 하지만 도시와 사람들로부터 멀어져 지내는 시간이 길어질수록 자연적인 삶에 대한 성찰도 깊어졌다. 나에게 자연에서 살아가기 위한 조건을 묻는다면 '청빈'과 '시간'의 문제를 말하고 싶다. 청빈은 신비주의자들에게도 수행자들에게도 존중되는 중심 주제다. 마호메트가 "나는 나의 가난을 자랑한다"라고 했듯이 영혼의 소리를 들으려면 마음을 비워야 한다. 속이 꽉 찬 피리는 없다. 비워야 울린다. 값진 기름을 품고 있는 호두알갱이를 꺼내려면 껍데기를 깨야 하고 진주를 꺼내려면 조개를 깨트려야 한다. 하물며 영혼의 정화를 고난 없이 얻을 수 있겠는가.

　그 다음은 시간을 잘 보내는 것이다. 세상을 살면서 적어도 시간만은 나의 것이라는 굳건한 믿음 정도는 경험해봐야 한다. 시간을 얻었으면 된 것이다. 평범한 돌조차 오랜 기간 햇볕을 쐬면 루비가 된다. 야생의 세계는 고독하다. 자연 속으로 들어가 보면 눈에 띄는 모든 생명체들이 죄다 홀로 살아간다. 고독은 다시는 사람을 만나지 못할 것 같은 세계로의 진입이다.

그래서 자연 속에서는 반드시 일을 해야 한다. 자신이 일이라고 생각하는 무엇이 있지 않으면 견디기 어렵다. 일은 인간 행복의 큰 요소이기 때문이다. 선종의 물 긷고 나무하는 일체가 도 아닌 게 없다는 법문이 그냥 생긴 게 아니다. 일을 하면서 만족하는 사람에게 기쁨은 주어지게 마련이다. 배추를 바라보는 산양의 시선이랄까. 자신이 정한 질서 속에서 주인으로 살아가는 지혜를 터득할 수 있다면 더없이 좋을 것이다.

십수 년간의 서울 생활을 정리하고 환지본처하여 생각해보니 하루 24시간 온전히 나만의 시간 속에서 지낼 수 있는 산중암자 생활이 눈앞에 펼쳐져 있었다. 독서와 글쓰기의 시간이 아쉬웠던 나로서는 한시도 소홀히 보낼 수 없는 기회였다. 내가 먼저 사람을 찾지 않고, 공양부터 일상의 필요한 것은 스스로 해결하기로 마음먹었다. 하지만 별문제 없을 것 같은 이 생활에도 고립감은 없지 않았다. 한편 지식은 머릿속에 들어오면 쓰이고 싶어 한다는 사실이 의외로 크게 다가왔다. 아무리 좋은 책을 보고 번쩍이는 각성이 와도 쓰이지 않는 지식과 경험은 사장되고 만다는 사실이 나를 힘들게 했다. "글을 쓰지 않고도 살 수 있을 거라 믿는다면 글을 쓰지 말라"라고 한 사람은 시인 릴케다. 한낮의 빛이 밤의 어둠의 깊이를 어찌 알 것인가. 헛된 삶은 혼자서만 말하고 자기중심에 사로잡힌 삶이라고 믿는 나에게 세상의 빛이 드는 심리적인 창은 꼭 필요한 것이었다. 한여름에 시작된 산중생활에서 맞는 첫 겨울은 이른 추위에 눈도 왔고 바람도 거칠었다. 그렇게 한 해가 넘어가는 끝자락에 특별한 인연의 빛 한 줄기가 저녁 무렵에 창가로 내려앉았다.

"너 누구야?"

한 겨울의 산중암자에 꼬리도 없는 누런 고양이 한 마리가 나타나 나를 올려다보며 연신 울어댔다. 배가 고픈 것이지. 우유도 주고 토스트도 해주고 우선 빈 사과 상자에 헌 내복을 깔아 바람이 들지 않는 건물 귀퉁이에 놓아준 것이 인연의 시작이었다. 다음 날 벌교에 나가 빨강 플라스틱 그릇과 사료를 사 와 물과 함께 놓아주기는 했지만 겨울 한 철이 지나면 떠날 것으로 여겼던 녀석이 아예 눌러앉아 뻔뻔할 정도로 잘 지냈다. 그렇게 시간이 흘러서 '좋아, 냥이 이야기를 써볼까?' 했던 것이 냥이와의 겨울 이야기 《어느 날 고양이가 내게로 왔다》였고, '바라보기'와 '기다리기'가 중심 이야기였다. 책은 사람들의 흥미를 끌었다. 그래서 다시 구상한 것이 냥이와의 여름 이야기인 《고양이를 읽는 시간》이었고, 주제는 '천천히'와 '느긋하게'였다. 그러다 가을이 되자 '아, 가을과 봄을 더하면 냥이의 사계가 되겠네' 하는 생각이 퍼뜩 들었고, 돌발성 난청을 앓아가며 쓴 것이 '기쁘게'와 '유쾌하게'를 성찰한 이 책이 되었다.

　　이제 냥이와 지낸 지도 여섯 해가 되었다. 신은 물을 만들고 인간은 와인을 만들었다지. 사람 관계는 물과 와인처럼 잘 섞이는 사이가 있고 물과 기름처럼 동화되기 어려운 사이도 있다. 그런 면에서 냥이와 나는 물과 와인이 섞이는 것처럼 케미가 좋았다. 어느 누구에게도 별 관심을 받지 못하고 산중에서 떠돌던 야지의 고양이 한 마리로 인해 3권의 이야기가 만들어졌다는 것을 생각하면 난 여전히 가슴이 뛴다. 그리고 냥이에게 말하고 싶다.

　　냥이, 우린 기억될 거야!

냥이의 사계이자 3부작이 완성되도록 기다려주고 응원해주신 불광출판사에 감사드린다. 그리고 할 수만 있다면 이 모든 보람을 냥이에게 안겨주고 싶다.

2022년 초여름
송광사 탑전 일로향실에서
보경

좋은 삶은
좋은 관계를
만든다

오르기 위해 가라앉다

가을로 접어들자 산안개가 자주 끼었다. 날이 선선해지면서 여름보다 일교차가 커져서인지 산허리까지 자주 안개가 앉았다. 조계산은 그다지 큰산이 아니라서 계곡이 깊은 것도 아니고, 송광사가 산중 절이라고는 하나 일주문에서 2킬로미터 정도만 나서면 바로 큰길이 나온다. 산은 8백 고지 높이에 불과하고 큰길에서 절 안쪽까지 들어가는 길도 가파른 경사 없이 평이하게 이어지는 형세여서 어렵지 않게 도량에 들어설 수 있다. 내가 산행 도중에 물을 마시면서 잠시 쉬어가는 옛 암자 터에서 바라보니 더욱 색이 선명해진 하얀 안개가 산을 허공으로 밀어올리는 듯 보였다. 산이 공중에 떠 있는 것 같은 시각적 효과 때문인지 산도 본래의 산이 아닌 듯 높아 보이고 나 또한 깊은 산중에 들어있는 듯했다.

가을의 기운은 백로가 지나자 두드러지게 달라졌다. 한 해를 동그라미로 그려 설명하자면 원의 가로세로를 그어 4등분을 하여 가로의 양 끝이 춘분과 추분이고 세로로 대척점이 동지와 하지가 된다. 이렇게 태양의 황경에 맞춰 1년을 15일 간격으로 24등분하여 시기를 구분하는 절기라는 개념이 만들어졌다. 각 절기는 농경 생활에 중요한 기준점이었고 일상에서도 요긴하게 활용해왔다. 하지만 요즘은 날씨 정보를 알려주는 뉴스에서 가끔 절기를 언급할 뿐이다. 절기는 한자로 표기가 되기 때문에 글자를 보면 그 시기를 어렵지 않게 알아차릴 수 있다. 그만큼 함의가 비유적이면서도 사실적이다. 가을의 절기는 입추, 처서, 백로, 추분, 한로, 상강이 있다. 입추는 가을에 들어섰다는 뜻이고 상강은 서리가 내리기 시작하는 시기임을 알려준다. 입추를 지나면 여름의 무더위를 벗어나 이제 좀 살만하다 싶지만 덩달아 모기가 설쳐대는 모양으로 치면 가을은 아직 멀리 있다. 여름 모기야 그렇다 쳐도 가을 모기는 하루살이보다 조금 크다 싶은 게 한번 물면 얼마나 따갑고 아픈지 피부가 예민한 나는 여간 곤혹스럽지가 않다.

추분 앞뒤로는 백로와 한로가 있다. 이슬이 내리기 시작하는 백로, 찬 이슬이 내리는 한로가 모두 이슬을 말한 것만 봐도 분명 여름과는 어감부터가 다르다. 확실히 기후는 백로를 지나는가 싶더니 많이 달라졌다. 해가 떨어지기 무섭게 저녁이면 풀에 이슬이 맺혔다. 숲은 점점 여름의 짙푸른 생장을 보이지 못하고 하루가 다르게 시들어 간다. 빨래는 오후 네 시 전에 걷어야 한다. 만약 좀 더 말려보겠다며 미뤘다가는 도리어 눅눅해져서 다시 빨아야 할 수도 있다.

한로를 넘어서면 실내에서도 긴소매 옷을 입는 일이 많아진다. 이른 아침에 냉장고에서 사과를 꺼내거나 찬물을 만지면 손이 얼얼하면서도 아린 통증을 느낀다. 이슬에서 서리로 바뀌는 상강을 맞으면 단풍도 무르익어 간다. 이제부터는 자연도 초록 일색을 벗어나 울긋불긋한 색의 향연을 아낌없이 펼치는 시간이다. 상강을 지나면 겨울이 들어서는 입동과 얼음이 얼기 시작하는 소설이 차례로 오고, 어느새 달력도 마지막 장만 남는다. 12월의 달력은 이 장 다음엔 아무것도 없다는 걸 알면서도 공연히 들춰보고 싶은 이상한 유혹을 던진다. 이제 너 머무는 일은 가능하지 않다. 그러니 물들어가는 가을의 아름 다움은 생성이 아니라 밤 열차가 어둠 속으로 빠르게 사라지 듯 아주 짧은 시간에 벌어지는 소멸이다. 이때야 비로소 우리 는 내면을 향해 인생에 대한 진지한 질문을 던지기 시작한다. 젊은 날의 환호성보다는 덧없이 보내버린 시간에 대한 탄식이 주름진 얼굴 위에 그림자를 던진다. 가을은 한때 무성하던 것 들이 지는 시절이라서 인간은 겸허히 마음을 내려놓고 비워야 하며 외부와 내면의 소리를 들어야 한다. 그렇게 해서 인생의 가을은 우리의 진짜 모습이 무엇인지 보여준다.

세상을 편견 없이 보는 사람은 모든 것을 볼 수 있다고 했다. 선종에는 두 번째 화살이 더 깊게 박힌다는 법문이 있다. 화살은 질문이다. 물의 깊이는 막대로 알고 쇠는 불로써 안다. 마찬가지로 사람은 말로써 아는 것이다. 질문을 던져보면 속이 보인다.

내가 주지 소임과 종단의 일을 보느라 서울에서 15년을 살다가 출가 본사로 돌아온 지도 벌써 여러 해가 되어간다. 인생의 40대를 온전히 보내고 50대로 들어선 시기까지 서울에서 살았다. 머리카락 한 올도 그림자를 던진다는 말이 있듯이 내가 살아온 세월에 진 빚이 왜 없겠는가. 돌이켜 보면 모든 문제를 관통하는 핵심은 사람이다. 사람에게서 벗어났다는 홀가분함과 사람과의 단절이 가져오는 고립감은 동전의 양면과 같다. 여름의 중간에 환지본처한 내가 가을을 지나고 일찍 찾아온 겨울 추위를 견디며 연말을 보내는 다소 서먹하고 어수선한 마음 상태에서 산중암자로 불쑥 찾아든 야지의 고양이 한 마리와 같이 지내게 되었다. 어디에서 이곳까지 흘러왔는지 알 길이 없지만 겨울이라도 나고 가라며 돌보면서 썼던 것이 《어느 날 고양이가 내게로 왔다》라는 냥이와의 겨울 이야기였다. 그런데 고양이는 이곳을 떠나지 않았고 탑전을 자신의 왕국으로 삼아 행복하게 지냈다. 겨울은 보일러실에서 살면 되니까 걱정이 없는데 이 털북숭이 친구가 여름을 어떻게 날 것인지 호기심이 일었다. 또 겨울 이야기에 짝을 맞추기 위해서도 여름 이야기가 필요했다. 그렇게 다시 여름 이야기인 《고양이를 읽는 시간》이 나왔다.

겨울과 여름이 원의 상하로 극점이지만 가을과 봄은 중간의 양 끝이다. 그래서 왠지 가을과 봄을 써야만 진폭이 넓어지면서 이야기를 풍부하게 만들어줄 듯했다. 이야기의 자연스러운 귀결이기도 하고 냥이가 겪는 사계절의 모습을 지켜봄으로써 세상을 살아가는 우리의 삶은 어떤 문제가 있는지 함께 고민해보자는 것이 이 책을 쓰는 동기가 되었다. 책은 가을과 봄의 순서로 써가려 한다.

가을은 느끼는 계절이다. 가만히 있으면 느낌이 다가온다. 봄은 봄기운이 올라오는 순간부터 봄을 찾아 나서는 마음이 되지만 가을은 그렇게 하지 않아도 된다. 북이 안에서부터 울리듯이 모든 자극은 일단 마음으로 들어와야 한다. 가을은 가라앉는 계절이다. 낮에 활기차게 움직이려면 밤에 잘 쉬어야 하는 것은 누구나 안다. 사람도 그렇고 과실도 그렇다. 잘 익으려면 일을 도모하는 시간이 필요하다. 오르기 위해 가라앉는다는 의미도 크게 다르지 않다. 차이라면 가을에서 더 암담한 겨울로 들어가는 것이지만 시선은 봄을 향하고 있으므로 단순한 휴식과 가라앉음이 아니라 봄의 비상과 활력을 망각하지 않는다. 이 정도의 긴장감을 가슴에 품고 살아야 세상은 살만해진다.

사랑은 시간을 지나가게 만든다.
시간은 사랑을 지나가게 만든다.
_ 프랑스 속담

냥이를 보고 있으면 시간이 지나가는 것을 느낀다. 엄밀히 말해 냥이에 대한 사랑이 시간을 잊게 한다. 시간이 사랑마저도 지나가게 한다는 것은 시간이 사랑을 변하게 한다는 뜻이다. 사랑이 위대한가 시간이 위대한가. 세상은 사랑이 있어야 하고 시간은 공평하게 망각을 준다. 그래서 사랑은 외치지만 시간은 침묵한다. 세상의 그 무엇도 시간 밖의 것은 없다. 시간이 지나면 본질은 저절로 드러난다. 기다리는 것이 어렵지 알지 못하는 것이 두려울 건 없다. 우리는 삶을 지나치게 과장할 필요도 없지만 무의미하게 흘려보내서도 안 될 일이다. 삶을 빛내고 시간을 반짝이게 해줄 수는 없을까. 현자들은 삶의 최고봉은 기쁨마저도 이유가 없어야 한다고 가르친다. 딱 남들만큼 특별한 산중냥이의 사계, 기쁘게 유쾌하게 시작해보자.

시간이 사랑마저도

지나가게 한다는 것은

시간이 사랑을 변하게

한다는 뜻이다.

슬픔은 한결같은 사람에게 흔들림을 가르쳐 준다

요즘 들어 내가 변했다는 말을 자주 듣는다. 부드러워졌다고 하는 사람도 있고, 심지어 어떤 이는 내가 해맑게 웃는다는 말까지 한다. 아마도 내가 냥이를 돌보면서부터 잘 표현하지 않던 감정들을 드러낸다고 보기 때문일지도 모른다. 하지만 분명한 것은 애써 외면하던 여러 감정이 나의 의지와는 상관없이 마음 깊은 곳에서 흐르고 있다는 사실이다. 어쩌면 이 모든 게 냥이로부터 비롯된 변화라면 변화일지도. 남도의 어른들이 자주 쓰는, 그래서 예전에는 그저 사투리로만 알고 있었던 '성가시다'라는 단어가 냥이와의 첫 겨울에 저절로 내 입에서 튀어나왔다. 성가시다는 건, 발음에서도 느껴지지만 '들볶이거나 번거로워 괴롭고 귀찮다'라는 뜻이다. 냥이가 하는 사소한 행동에도 자꾸 마음이 쓰일 때마다 나는 이 단어를 떠올렸다.

냥이는 내가 산중암자로 돌아온 첫 연말의 겨울 저녁에 불쑥 들어오더니, 나도 여기서 좀 살아야겠다는 투로 자리를 잡아버렸다. 도 한번 닦아보겠다는 출가도 아니면서 냥이의 태도가 너무나 태연해서 그날로 난 꼼짝없이 냥이를 보살펴야 하는 처지가 되고 말았다. 어렸을 때 시골집에서 여러 마리의 고양이와 지냈던 기억이 있긴 하지만 이 동물에 대한 흥미는 없었다. 그런데 점점 지켜보는 즐거움이 커져 갔고, 그 시간이 하루 이틀 쌓이다 보니 어느 틈에 냥이가 나와 함께 산중 암주의 권리를 공유하고 있다는 걸 깨닫게 되었다. 냥이를 한 식구

로 대접하게 된 건 당연한 수순이었다. 그래, 사랑한다면 나누는 거지 뭐.

함께 지내기 시작한 첫 겨울에서부터 봄까지 냥이는 유독 많이 다쳐왔다. 어디를 갔는지 행방이 묘연했다가도 갑자기 '야옹' 하면서 나타나면 순간 기묘한 느낌이 들어 유령인가 싶기도 했다. 나중에 안 사실이지만 냥이는 원래 사하촌에 살다가 부식 창고에 출몰하는 쥐를 쫓기 위해 큰절(송광사)로 오게 되었다. 그런데 영역 다툼에 밀려 선방 구역 등을 전전하다가 내가 사는 탑전으로 흘러들었다. 탑전에 홀로 있는 게 심심해서였을까. 냥이는 다른 고양이들의 영역에 뛰어들면 싸움이 일어난다는 걸 알 텐데도 사라졌다 싶으면 매번 큰절 쪽에서 넘어오곤 했다. 인간이나 동물이나 심심한 게 큰 문제다.

한 번은 큰 눈이 내린 새벽의 일이었다. 밖에 나가보니 수북이 눈이 쌓인 마당을 가로질러 큰절 쪽 숲으로 냥이의 발자국이 선명하게 나 있었다. 나는 냥이를 기다릴 겸 창고에서 대빗자루를 꺼내 마당의 눈밭을 좌우로 쓸면서 길을 내기 시작했다. 새벽 공기는 찼지만 그다지 춥게는 느껴지지 않았다. 선종 사찰에서는 정통적으로 대중 울력을 많이 한다. 감자 울력 같은 흙일을 하면 자유 정진이라 하여 좀 쉴 수 있게 배려해주는데, 눈을 쓰는 울력을 하고 나면 정진을 쉬어주기도 한다. 그만큼 눈을 쓰는 일은 힘이 든다.

문득 90년대 초반에 가을과 겨울을 났던 수도암이 생각났다. 김천 청암사가 있는 산 정상에 자리한 수도암은 거의 1천 고지 높이라서 항상 밥이 설익었다. 봄이 되면 내려가 잘 퍼진 밥을 먹고 싶다는 생각이 항상 들었다. 고지가 높아서인지 눈은 내렸다 하면 폭설 수준으로 쏟아지기 일쑤였다. 그래서 눈이 제법 내린다 싶으면 정진을 멈추고서라도 아랫마을까지 산길의 눈을 쓸어야 했다. 때를 놓쳐 눈 쌓인 길이 얼어붙기라도 하면 봄까지 곤란을 겪어야 하기 때문이다. 한번 얼어버린 길은 쉽게 해동이 되지 않는다. 시장을 봐야 하는 후원의 차도 문제지만 또 하나 중요한 이유는 우편집배원이 올라오는 길을 확보하는 것이라고 했다. 한겨울의 인적이 끊긴 듯한 깊은 산중에 오전 정진이 끝나갈 시간이면 어김없이 산 아래에서부터 우편집배원의 모터사이클이 가쁜 숨을 몰아쉬며 올라오는 소리가 들렸다. 산중에는 날짜도 시간도 없다는 말이 있기는 하지만 굳이 달력을 보지 않아도 알 수 있는 것은 모터사이클이 겨울 산중의 적막을 깨뜨리지 않는 날은 일요일이거나 공휴일이었다. 딱히 소식을 기다릴 일이 없으면서도 꿈을 꿀 수 있다는 사실이 그 나이의 나에겐 소중했다.

　이런저런 생각에 젖어 눈을 쓰는 사이에 냥이가 돌아왔다. 자신이 지나갔던 발자국을 되짚지 않고 개구쟁이처럼 굳이 밟은 흔적이 없는 곳으로 눈길을 내며 다가왔다. 나는 빗자루를 내려놓고 냥이의 눈높이에 맞춰 무릎을 굽히고는 장갑을 벗었다. 그러고 나서 냥이의 귀를 꼬옥 쥐었다. 사람도 그렇지만 냥이도 몸 중에서 가장 차가운 곳이 귀다. 한겨울의 눈 내리는 새벽에 눈밭을 헤집고 다니다 온 냥이의 귓바퀴는 얼음처럼 차가웠다. 아직도 눈곱이 눈자위에 까만 파리처럼 붙어있는 채로 이 새벽에 어디를 다녀온 것인지….

"너 참 성가시다, 성가셔!"

그런데 그 순간 나도 모르게 눈물이 툭 떨어졌다. 그것은 어렸을 때 노모님이 내게 자주 하셨던 말씀이었는데, 냥이에게 하는 말이 똑 그대로 겹치면서 어떤 서러움이 밀려들었다. 추운 줄도 모르고 눈밭에서 뒹굴다가 집에 들어온 어린 아들의 귀를 양손으로 잡으며 하셨던 노모님의 말씀도 그랬다. "어구 성가셔라, 춥지도 않냐!"

요즘 냥이는 탑전 주위를 거의 벗어나지 않고 지낸다. 내가 항상 방에 있어서이기도 하겠지만 스스로 부족함을 느끼지 않으니 굳이 밖으로 뭔가를 찾아 나설 이유가 없겠지. 도량 주위에 이쁜이도 있으니 심심하지 않은 듯도 하다. 당신의 것이 아닌 건 언제나 주인을 찾아 울어댄다는 스페인 속담이 있다. 냥이의 말 없음은 우주선이 목표 궤도에 들면 힘들지 않고도 안정감 있게 유영할 수 있듯이 자신에게 알맞은 자리에 안착했다는 소식이다.

냥이는 입맛이 까다로웠다. 사료는 잘 먹었지만 통조림
은 도통 먹지 않으니 어떻게 하면 맛있는 것을 줄까 하는 게 항
상 고민거리다. 그러다 지난겨울에 한 독자가 냥이 간식을 보
내왔다. 박스를 열어보니 키피믹스 같은 스틱형 간식도 있고
통조림도 있고 트릿(동결건조한 건식)도 있었다. 냥이는 통조림이
나 스틱형 간식은 입에 대지 않았다. 습식 사료는 종류를 막론
하고 그랬다. 대신 트릿은 먹었다. 인터넷에 찾아보니 북어, 연
어, 새우, 당근, 치킨, 오리, 소고기… 종류도 많았다. 그중에서
처음 반응을 보인 것은 북어 트릿이다. 문제는 내가 그 냄새를
좋아하지 않는다는 사실. 마치 장례식장의 홍어와 짠 반찬 냄
새가 어우러진 듯해서다. 비위가 약한 나는 기겁을 하면서도
냥이가 좋아하니까 어쩔 수 없이 계속 사다 먹였다. 한번은 냥
이 털을 빗기는데 하품하면서 내뿜은 북어의 역겨운 냄새가 코
를 찔렀다. 오죽했으면 빗질을 멈추면서 한 소리 하고 말았다.

"냥이, 아이 비려!"

최근 순천에 애완동물 관련 샵 한 곳이 크게 들어서서
지나는 길에 간식이나 사료를 사기가 편해졌다. 냥이에게 치킨
트릿을 사줬더니 북어보다 좋아했다. 다음번엔 소고기 트릿을
사줬는데 좋아하는 내색을 하며 잘 먹었다. 오랫동안 마음에
걸렸던 일, 냥이에게 맛있는 간식을 주지 못해 미안한 마음에
서 벗어나게 되니 내가 더 좋았다. 하지만 문제가 또 따라왔다.

트릿은 각 면이 1센티미터 정도 되는 크기라서 마치 일본 미소 수프에 들어있는 두부처럼 생겼다. 처음에는 설명서에 적힌 대로 한 번에 서너 알씩 하루 3~4회 주었다. 하지만 간식에 대한 냥이의 열망을 외면할 만큼 내가 강심장은 아니지 않는가. 냥이가 간절한 눈빛으로 나를 간식 통으로 이끌면 어찌할 도리 없이 뚜껑을 열고 만다.

"냥이, 간식으로 배 채울 거야?"

옛 인도의 바라문 수행자도 나와 같았을까.

인도에 한 바라문이 있었다. 누군가 그에게 경전을 선물했다. 그런데 언제부턴지 쥐 한 마리가 경전을 쏠아 먹었다. 바라문은 쥐를 쫓기 위해 고양이를 한 마리 구했다. 쥐는 사라졌지만 고양이에게 먹일 우유가 필요했다. 이번에는 젖을 짤 수 있는 양을 구했다. 양을 키우려면 풀을 먹이고 집안일을 할 사람이 필요했다. 그래서 그는 여자를 얻었다. 여자의 잔소리를 귀 따갑게 듣고 살다 보니 어느덧 아이들이 태어나서 식구가 늘어났고, 수행은 고사하고 세속의 한가운데 살아가는 자신을 발견했다. 생각해보니 문제의 발단은 경전이었다.

사랑만이 사랑을 설명할 수 있다. 경청하고 대답을 잘해주는 것은 대화술에서 인간이 다다를 수 있는 최선의 경지다. 내가 타인을, 외물을 진정으로 사랑하는지 알고 싶으면 그 사람의 말에, 그 외물의 소리에 얼마나 진지하게 귀 기울이는지 판단해보면 된다. 우린 매사 건성으로 듣고 흘린다. 나도 상대도 서로의 말을 제대로 듣지 않는다. 장미를 잘 알려면 내가 장미가 되는 길밖에 없다. 사물은 동류가 아니면 의식을 공유하기 어렵다. 영적인 초월의 경지와 이성적으로 이해하는 영역의 차이가 여기에서 벌어진다. 굳이 큰 깨달음이 아니라도 의지적인 노력과 보편적인 상식, 내가 원하는 바를 상대의 열망과 교차해보면 많은 것이 이해된다.

내가 냥이를 돌보면서 달라졌다고 하는 말이 틀렸다고는 생각하지 않는다. 이 동물을 보면 기쁘기도 하지만 감당해야 할 슬픔도 있다. 그 슬픔이 나를 흔들기도 하면서 배움으로 이끈다. 내가 궁극에 이르려고 하는 피안의 세계가 저 대양이라면 거기에 이르는 많은 길이 있다. 나는 가능하다면 비가 되어 단박에 바다에 똑 떨어지기보다는 더 낮게 지면을 타고 흐르면서 세상 구경도 하고, 사람들이 뭘 하며 살아가는지 귀동냥도 해가면서 바다로 흘러드는 강물의 느슨한 흐름을 따르려한다.

높은 바람은 높은 산에 분다

산중의 이른 아침에 창문을 열면 새소리부터 들린다. 어제도 오늘도 새는 항상 찾아왔고 새벽공기를 가르며 이 가지 저 가지로 날아다니며 운다. 새는 자연을 온통 깨우며 치켜올리는 힘이다. 따라서 비상 외에 새의 아름다움을 표현할 길이 없다. 세상을 흔들며 창공에 솟구쳐 오른 새의 노력으로 하늘이 넓어졌다. 이 사랑스러운 동물은 내가 해준 것이 없는데도 비상하며 반갑게 아침을 알린다. 최근 읽은 책에 따르면 지구상에 살고 있는 새는 500억 마리로 추산한다고 한다. 세계 인구를 80억으로 잡으면 1인당 6~7마리인 셈이니 많은 수는 아니다. 새가 울면 반가운 손님이 올 거라는 이야기는 이미 새 자체가 반가운 손님이라는 의미로 받아들여도 된다. 그만큼 하루 중의 가장 이른 시간에 만나는 존재가 새라는 사실을 새롭게 인식하고는 자연을 다시 생각하게 되었다.

　　요즘 우리는 대혼란의 시기를 보내고 있다. 인간을 매개체로 강력한 전염력을 가진 코로나19 바이러스가 우리의 상상을 초월하는 거센 기세로 전 세계를 휩쓸었고, 계절과 상관없이 변이와 변종을 거듭하며 수년째 막강한 전파력을 과시하고 있다. 그 위세에 눌려 인간은 그동안 경험하지 못했던 생활에 적응해야만 했다. 어디를 가든 마스크를 써야 했고 여럿이 모이는 자리는 공적이건 사적이건 제재가 따랐다. 학생들은 집에서 온라인으로 수업을 들었고 스포츠나 각 지역의 축제도 취소

되거나 순연되었다. 또한 많은 나라가 국경을 봉쇄했다. 전 지구에서 동시에 일어난 이 혼란은 백신이 개발된 후에도 지속되는 중이고, 마스크를 쓰고 자주 손을 씻으면서 청결을 유지하는 것이 예방으로 권장되고 있다. 한편 침묵의 자객 같은 이 바이러스는 우리의 삶을 근본적으로 돌아보게 만들었다. 여기서 우리는 어떤 교훈을 얻을 수 있을까.

바이러스 예방을 위한 거리두기는 인간을 성찰하게 한다. 눈은 정작 자기 눈동자를 보지 못한다. 외부 사물이라 하더라도 적당한 거리가 확보되어야 눈을 통해 시각적인 구분이 가능해진다. 나는 지금의 위기가 자연이 보내는 경고의 메시지라고 생각한다. 현대 사회의 여러 문제 가운데 부의 편중과 급격한 도시화는 인구의 도시 집중이라는 부작용을 낳았다. 사람들이 도시로 몰리면 그만큼 지방의 공동화는 커진다. 인구 분산을 유도하기 위해 정부가 지방분권화 정책을 시행하더라도 도시로 몰려드는 사람들의 열망을 제지하기란 쉽지 않다. 자연의 큰 법칙 중 하나가 균형이다. 다리를 조금만 다쳐도 걸을 때 불편하고 얼마 지나지 않아 전체적으로 몸의 조화가 무너졌다는 것을 알게 된다. 지난 2020년 여름, 중국에서 장기간에 걸쳐 기록적인 폭우와 대홍수가 일어나자 세계 최대 규모의 싼샤댐이 최고 수위에 도달해 붕괴할 수 있다는 우려가 연일 뉴스 속보로 전해졌다. NASA는 400억 톤이나 되는 싼샤댐의 담

수 무게로 인해 지구의 자전축이 2센티미터 흔들린다는 연구 결과를 내놨다. 댐 하나의 담수량 변화에 지구가 영향을 받는 다는 사실에 적잖이 놀랐다.

　바이러스 감염이 조심스러워 선뜻 나들이에 나서지 못 하는 상황에 장마까지 길어 누구나 유쾌하지 못한 나날을 보 냈을 터다. 여름 휴가철이면 더위를 피해 산을 찾은 사람들의 발길이 이어지던 조계산도 인적 드문 한겨울마냥 여름 내내 휑 하였다. 절에서는 연중 최대 행사인 부처님 오신 날 법회도 내 부적으로 단출하게 치러야 했다. 그만큼 사람의 빈 공간은 한 동안 메워지지 않았다. 그래도 세찬 장맛비와 잦은 태풍은 여 름만의 풍경을 만들어냈다. 우선 습한 여름 날씨가 좋은지 벌 레들이 유난히 기승을 부렸다. 이 틈을 놓치지 않고 거미들은 줄을 걸 만한 공간이면 거미줄을 쳤다. 건물의 높고 낮음을 가 리지 않았고 나무나 풀의 종류도 가리지 않았다. 산길을 가다 자칫 한눈을 팔았다가는 얼굴에 거미줄이 걸리고 만다. 촘촘 한 거미줄이 안경에 닿으면 닦기도 어렵다. 그래서 거미줄을 발견하면 걸음을 멈추고 스틱으로 걷으면서 다녔다. 혹 산행길 에 어제는 없던 깃털이 낭자하면 '밤사이 숲에 무슨 일이 있었 던 걸까' 잠시 생각에 잠겨보기도 하고, 동물의 배설물을 보면 '그래도 뭘 긴 먹었구나' 하면서 다행으로 여겼다. 계곡물이 불어날 정도로 세찬 비가 내리고 나면 길가의 흙더미가 파헤쳐져 있는 걸 발견하기도 하는데, 아마도 멧돼지가 흙 속의 지렁이나 나무 열매를 먹으려고 그러지 않았을까. 옛 암자 터의 샘이 있던 자리는 자주 산짐승이 축축한 흙을 몸에 바르며 뒹굴었던 흔적을 보여준다.

> 내 집은 반쯤 귀먹은 곳에 있으니
> 사람이 찾아오지 못하네.

선종의 법문이다. 귀먹은 듯이, 조금은 부족한 듯이 살아가면 의외로 나를 둘러싼 환경이 나를 닮아간다는 걸 느낄 때가 있다. 귀를 반쯤 닫았다는 것은 시비를 초월한다는 말이다. 인도에 가면 원숭이 세 마리를 세트로 묶은 기념품을 판다. 각각 귀를 막고 눈을 가리고 입을 닫는 모습이다. 듣는 것, 보는 것, 말하는 것에서 걸리지 않으면 뛰어난 사람이다. 우리는 걸린다. 들으면 듣는 대로 보면 보는 대로 말하면 말하는 대로 걸린다. 그런데 자연의 것은 무엇 하나 걸리지 않는다. 구름은 산이 장애가 되지 않고 바람은 통과하지 못하는 게 없다. 물은 땅의 기울기에 따라 속도를 달리하며 흘러서 바다에 이른다. 햇빛을 더 차지하려고 초목이 다투지도 않는다. 높은 바람은 높은 산에 분다는 말이 있다. 각성만 하면 자연을 닮은 삶은 충분히 가능하다.

좋은 삶은 좋은 관계를 만든다고 믿는다. 누구나 자신이 하는 일이 스스로에겐 구원의 길이어야 한다. 자신이 택한 길에서 행복하지 못하면 삶에 보람이 없다. 행복하니까 만족하는 것이지 만족하니까 행복을 느끼는 건 아니다. 사람들에게 뭐가 제일 좋은지 물으면 대략 부와 명예, 건강과 행복에 집중된다. 그렇지만 한 번 더 생각해보면 우리가 이것들에 너무 열중하기 때문에 더 좋은 다른 것을 놓치기도 한다. 일에 있어서 좋아하는 것과 잘하는 것이 같을 수 없다.

여러 사람의 입맛을 동시에 만족시키기 어려운 이유는 각자의 취향이 다르기 때문이다. 행복을 얘기한다는 게 몹시 어려운 일임을 요즘에 더 많이 느낀다. 인간은 개인 기량의 차이 못지않게 나이가 주는 감성을 무시할 수 없다. 30대는 40대를 모르고 40대는 50대를 모른다. 인생의 경험은 값지다. 고난이 있을 때마다 그것이 참된 인간이 되어가는 과정이려니 하고 맘 좋게 받아들이면 된다. 배움은 인생의 가장 좋은 자세다. 이 마음이 갖춰진다면 그 어떤 세상에 던져져도 즐겁게 살아갈 수 있다. 수풀이 크면 도깨비가 모인다고 하듯이 삶을 이해하고 받아들일 수만 있다면 기운이 생성되고 만물은 응답한다.

가을을 만나려면 여름이라는 산의 능선을 몇 개는 넘어야 한다. 여름은 만물이 자라는 기운의 절정이라서 자연에 살아보면 그 푸릇푸릇한 기세가 맘에 든다. 나무는 자랄 수 있는 만큼 자라려 하고 풀은 자신이 원하는 곳에서 자란다. 누가 좋아하건 좋아하지 않건 애초에 아랑곳하지 않는다. 뛰어난 자생력 덕분에 누구의 도움을 기다릴 필요도 없다. 이 독립심 강한 저항감은 우리에게도 삶의 열정을 가지라고 외치는 듯하다. 카뮈는 "나는 내 안에 아무도 어쩔 수 없는 여름이 있다는 것을 알게 되고 말았다"고 했다. 길 가는 나그네는 해가 남아 있다면 한 발짝이라도 더 가려 한다. 조금 더 힘을 쓸 수 있는 여지와 그런 삶이 있다면 그는 아직 여름을 살고 있는 것이다.

수풀이 크면 도깨비가

모인다고 하듯이

삶을 이해하고

받아들일 수만 있다면

기운이 생성되고

만물은 응답한다.

지혜와 사랑이 내게 말해주는 것

선방 도량에서는 대중 생활이 원칙이고 안거는 석 달이 기한이다. 각자 맡은 소임도 그렇고 얻어쓰는 물건도 대중 속의 하나다. 개인의 생활이 없다는 말은 사적공간이 없다는 의미와 같나. 젊은 선방 시절엔 나만의 왕국을 항상 꿈꿨다. 그 공간을 보고 싶은 책과 듣고 싶은 음악으로 채우고 긴 테이블에 앉아 시간을 보낼 수 있다면…했다. 그래서 은둔자는 숲의 작은 오두막에 머무는 것만으로도 황홀하다.

　　내 토굴이 생긴다면 지붕은 양철지붕으로 만들고 싶었다. 사람들은 빗소리를 어떻게 할 거냐고 묻는다. 양철지붕은 빗소리를 초대하기 위함이다. 비는 빗소리를 들을 수 있는 사람을 위해 내려온다. 지붕 아래에서 행복감을 느낄 수 있도록 발명된 게 있다면 비가 첫째다. 비를 모르면 지붕을 모르는 거다. 시골집의 곡물창고가 양철지붕이었다. 나는 비가 내리면 동생과 함께 어둑한 창고 속으로 들어가 귀가 따가울 정도로 빗소리를 듣고 나왔다. 비가 내린다거나 눈이 온다는 말은 모두 손님으로써 나와 만난다는 의미다. 내가 청하지 않아도 오는 사람이 진정한 손님이다. 그는 나의 무엇을 보고 들렀을까. 인도인들은 우리가 사는 세상은 여인숙이요, 손님을 환대하지 못하면 세상을 잃는다고 가르친다. 사막 같은 척박한 곳에 사는 민족일수록 손님에 대한 의미가 극진하다. 아무도 찾아오지 않는 여인숙은 여인숙이 아니다. 조용히 살아가는 사람에게는 사람이 아니라도 찾아오는 것이 있다. 달빛도 오고 별빛도 오고 햇살도 오고 구름도 온다. 함박눈은 알 수 없는 것을 그립게 하고 말하고 싶게 만들지만 비는 그 자체로 좋다. 나는 비가 반가운 손님 같은 기분이 든다는 것을 환지본처 하고서야 깨달았다.

'홀로 존재하기'에 자신감이 생기면 더 깊은 곳으로 들어갈 용기가 생긴다는 것도 알았다. 지금의 내가 그렇다. 두려움이 없는 온전한 지복은 햇살처럼 세포 하나하나까지 물들인다. 이것은 누구에게 양보할 수도 나눠가질 수도 없다. 중국 선종사에 면벽이라는 안심의 법문을 처음 들여온 달마가 있다면 4세기 이집트, 시리아, 팔레스타인, 아라비아 등 사막의 교부들은 침묵을 너무나 사랑하여 사막에서 더 깊은 바위굴로 들어갔다. 수도사를 일컫는 Anachoret(아나콧)은 '뒤로 드러나다'를 뜻하는 그리스어 Anachorein(아나코레인)에서 유래하였고, 은자를 뜻하는 Eremit(에레미트)는 '광야 혹은 고독'을 뜻하는 그리스어 Eremos(에레모스)에서 나왔다.

이 시기 사막의 교부 중 한 분이었던 아가톤은 침묵을 배우기 위해 3년 동안 입안에 조약돌을 물고 다녔다. 말에 실수가 없으면 온전한 사람이라는 말이 있다. 수심과 수양은 고독의 강 너머에 있다는 사실을 가볍게 여기지 말라. 누구든 젊어서는 그렇게도 더디 흐르던 시간이 정작 고통스럽게 흐르고 있었음을 알게 될 때가 온다. 나이가 들어가면 왜 내가 나에 대한 보상을 해야 하는지도 비로소 깨닫게 된다. 그러면서 왜 그렇게 스스로 거칠게 대하고 혹사했는지에 대한 회한도 밀려온다. 티베트의 **Metta**(메따) 수행법은 자신에게 보내는 행복의 기원을 논리적으로 보여준다.

> 내가 위험에서 벗어나기를: 스스로 잘 돌봄
> 내가 정신적인 행복을 얻기를: 사랑
> 내가 육체적인 행복을 얻기를: 건강
> 내가 행복하게 지내기를: 인간관계

칼 융은 "사랑이 지배하는 곳에는 힘에 대한 의지가 없다. 힘이 기승을 부리는 곳에는 사랑이 결핍되어 있다. 하나는 다른 하나의 그림자이다"라고 했다. 전통적인 명상법에서는 자신의 좋은 점을 깊이 생각하라고 한다. 나에 대한 긍정과 자신감이 가진 힘을 느끼면 이 포지티브한 정신은 그 무엇도 마음 밖으로 내몰지 않는다. '개인'을 뜻하는 영어 단어 Individual의 글자 그대로의 의미는 '나누어질 수 없는 어떤 것'이다. 나의 진정한 자아는 하나의 완전체라는 관점에서 받아들여져야 한다.

코로나19 바이러스가 가져온 사회적 거리두기라는 괴기스러운 현상은 연말을 목전에 두고 절정으로 치닫고 있다. 유발 하라리에 따르면 앞으로의 세기를 살아가는 인간은 불멸에 진지하게 도전할 것이며 행복의 열쇠 찾기가 주요 의제로 떠오를 거라고 한다. 노화와 죽음과의 싸움은 지금까지 인류가 골몰해온 기아와 질병과의 싸움을 이어가는 것에 그치지 않고 인간 생명의 가치를 증명하는 일이다. 인류 역사에서 수많은 사상가, 예언가, 일반인들은 물론 종교적 천재들까지 행복을 최고선으로 규정했다. 우리는 왜 행복이 인생의 유일한 목적이라고 생각할까. 고대의 사상가들은 행복 추구는 개인의 노력에 달려있다고 했지만 현대의 사상가들은 그것이 집단적 과제이기도 하다는 거시적인 안목을 제시한다. 그러면서 행복하기가 어려운 문제임을 잊지 말라고 일깨운다. 인간이 행복과 불멸을 추구하는 일은 인간의 한계를 넘어 신적인 혹은 초월의 지위로 도약하겠다는 의미다. 미래사회의 인간은 더욱 과감하게 인간의 인지능력을 향상하면서 모든 분야에서 전대미문의 발상 전환을 모색하려 들 것이다.

비가 내리다 그치기를 이틀에 걸쳐 반복한다 싶더니 햇살도 숨어버리고 날이 더욱 음산해졌다. 바람이 부는 방향을 정확히 살펴보려고 나침판으로 확인해보니 내 방 남쪽의 창은 143도 남동, 서쪽의 창은 241도 남서, 고도는 200미터다. 바람은 여름과 달리 북서 방향에서 남쪽으로 불었다. 산문 입구의 길과 계곡을 타고 역으로 올라오는 바람이다. 아침 이른 시간

에 쵸코와 밀키가 방문 앞에서 밥 달라며 옹알거렸다. 고양이
는 조금씩 자주 먹는다. 항상 사료가 그릇에 채워져 있지만 통
조림이 더 좋을 수밖에. 통조림과 간식을 먹기 시작하는 것을
보고는 방에 들어와서 코 세척을 했다. 요가수행자들은 아침
에 가장 먼저 콧속을 씻는 일로 시작한다. 요즘 나는 매일 아침
관류제로 코를 세척하는 것이 하나의 즐거움이 되었다. 우리
몸의 각 기관은 관으로 연결되어 있다. 입을 벌리고 콧속으로
한쪽씩 번갈아 가며 물을 흘려보내면 반대쪽 코로 나온다. 병
과 상관없이 하는 거지만 축농증이나 알레르기성 비염이 있으
면 더욱 효과가 있다. 나는 작게나마 내 몸의 상태를 음미해볼
수 있어서 아침마다 빼놓지 않고 한다.

　아침을 마치고 나니 꼬맹이들이 방에 없었다. 무슨 무장
공비도 아니고 밖에서 무엇을 하고 다니는지 알 길이 없는데,
오후에 돌아와서 밥 달라며 둘이 뛰어다니는 것을 보면 또 예
쁘다. 이날은 오후에 이쁜이가 와서 우는데 소리가 심상치 않
았다. 쵸코와 밀키를 피하고 험상궂게 대하는 것으로 봐서 새
끼를 가졌을지도 모른다. 그래서 유심히 보니 불과 한 달도 되
지 않은 시간인데 배가 봉긋하게 오르고 있었다. 배가 고팠던
지 통조림도 먹고 간식도 먹고 냥이의 그릇에서 사료도 한입
먹었다. 그러면서 연신 예민한 목소리로 나에게 아앙 거렸다.

　"이쁜이, 너 또 새끼 가졌지."

이쁜이는 나의 말에는 아랑곳하지 않은 채 스크래쳐 위에 엎드려 있는 냥이의 몸을 스치듯 지나쳐 담장 너머로 빠르게 사라졌다. 자기가 먼저 하고 싶은 말이 있었다고 시늉하는 것처럼 느껴졌다. '시골 부모님 댁에 보일러 놔드려야겠다'라는 광고가 있었다. 이제 날을 잡아 이쁜이가 새끼를 낳을지도 모르는 보일러실을 살펴봐야겠다.

이쁜이가 그려가는 시간을 보면서 나는 사람이나 동물이나 여성성은 가혹한 무엇이 있다는 생각을 했다. 냥이만 해도 하루하루가 큰 변화 없이 반복되는 시간 속에서 순탄한 길을 걸어가면 된다. 그런데 이쁜이의 일생은 변화무쌍하고 굴곡지다. 곰을 잡기 전에 곰 가죽을 팔지 말라는 것은 러시아 말이다. 아무리 돈이 급해도 곰 가죽을 내놓고 흥정을 붙여야지 현물도 없이 덤빌 수는 없다. 값은 속여도 물건은 속이지 말라는 인도의 말과 같은 맥락이다. 일의 순리는 순리대로 풀어야 한다. 지혜는 나에게 '나는 아무것도 아니다' 하고, 사랑은 나에게 '나는 모든 것이다' 한다. 이 두 가지 사이에서 나의 인생과 냥이와 이쁜이의 시간이 흐르고 있다. 이쁜이를 생각하면 머릿골이 아파오지만 난 항심으로 기다리며 기쁘게 지켜보려 한다.

나의

진정한 자아는

하나의 완전체라는

관점에서

받아들여져야 한다.

가을엔 초목만 물들어가지 않는다

가을이 시나브로 깊어간다. 진작에 여름옷은 넣어두고 가을옷을 꺼내놨어야 하는데 미루고 미루다 더는 미루면 안 될 만큼 가을이 깊어서야 정리하는 중이다. 이상하게 이런 일은 잔뜩 뜸을 들이다가 몰입할 기분이 되어서야 몸이 움직여진다. 먼저 여름옷을 세탁기에 돌린 뒤 햇볕에 바짝 말려서 옷감 사이사이 신문지를 끼워 넣어야 한다. 그 다음엔 가을옷을 꺼내 세탁한다. 봄과 가을의 옷은 구분 없이 입을 수 있지만 봄에 입었던 옷이 산중의 습한 여름을 나는 동안 눅눅해진 탓에 가을에 입으려면 세탁을 다시 해서 입는 것이 좋다. 귀찮아도 품을 팔면 삶의 모든 부분이 쾌적하고 좋아지는 건 분명한 사실이다.

아직은 두꺼운 겨울옷을 챙기지 않아도 견딜 만한 날씨다. 그래도 긴소매 상의와 무릎 아래까지 내려오는 속바지를 입지 않으면 선뜻 산행에 나서기가 주저될 만큼 산 공기가 차갑다. 가벼운 목도리와 털모자도 찾아서 가까이 뒀다. 장갑은 이미 꺼내 끼고 있다. 춥다고는 할 수 없어도 산 공기가 차가워서 산행할 때 양손이 시려서다. 스틱을 잡고 걸으려면 조금 갑갑한 건 참아야 한다. 험한 지형도 아닌데 양손에 스틱을 잡고 걷는 게 이상해 보이는지 이유를 묻는 사람들이 있다. 스틱을 짚으면 벌레나 뱀, 거미줄을 피할 수 있고 산길에 미끄러질 위험을 방지할 수 있다. 또 가파른 길에서도 평지처럼 허리를 꼿꼿이 세워서 걸을 수 있다. 그래서 트래킹을 좋아하는 사람은 평평한 길에서도 스틱을 짚는다. 나 역시 그렇다.

옷 정리를 하다 주위를 둘러보니 숲은 어제와는 또 다른 모습이다. 산의 나무들이 하루하루 속도를 달리하여 빠르게 물들고 있다. 아득한 하늘과 맞닿은 산의 능선에는 무성했던 잎을 떨군 나무들의 빈 가지만 앙상하게 남았다. 바람 불고 흐린 날은 어디까지 숲의 나무이고 어디서부터 하늘이 시작되는 지점인지 구분하기 모호하다. 이 우울함을 닮은 내면의 울림은 또 무엇일까. 눈물이 떨어지듯 일시에 툭 져버릴 것 같은 일말의 두려움은 나만의 것일까, 타인도 그러할까.

가을은 현악기를 감상하기에 좋은 계절이라고 한다. 작곡가는 현악기를 중심에 두고 작곡한다고 어느 책에서 읽었다. 금관악기나 타악기는 악기 수가 많아지면 소리의 간섭이 일어나서 연주하는 데 어려운 점이 있지만 나무로 만드는 현악기는 독주는 독주대로 좋고 합주는 합주대로 서로 어우러져서 악기 수가 많아도 하모니를 잘 이룬다고 한다. 나무가 홀로 있어도 아름답고 숲을 이루면 숲으로서의 아름다움이 있는 것처럼 말이다. 이것을 알고는 숲이 더 신비롭게 여겨졌다.

상강을 지나는 무렵이어서인지 사리탑 주변의 풀이 제초제라도 뿌린듯이 누렇게 주저앉았다. 그래서 풀이 마르면 매의 눈이 빨라진다는 말이 나왔겠지. 풀이 마르면 풀에 숨어 살아가는 자그마한 동물들이 어디에고 몸을 감출 수가 없다. 그러니 허공에 떠서 그 밝은 눈으로 풀숲을 응시하는 매의 눈이 오죽 바쁠까.

가을이라는 계절, 인생의 후반부에는 열정이 삶의 전부가 되지 않는다. 이젠 적은 것으로도 만족하고 내가 가진 것에 가치를 부여하는 훈련이 필요하다. 나이 듦의 표현도 문화적인 차이가 드러나서 프랑스 사람들은 사람이 나이 드는 것이 아니라 좋은 와인처럼 익어가는 것이라고 은유적으로 말하기도 한다. 그렇지, 익어가는 것이지. 인생의 참된 가치는 삶의 길이에 있지 않고 그 삶을 무엇으로 채웠느냐에 있다. 오래 산다고 그 가치가 저절로 드러나지는 않는다. 문제는 그것을 얻기 위해 얼마나 애썼느냐에 있다.

중국의 양명학 창시자인 왕양명은 인간의 심성을 두고 양지(良知)와 미발(未發)을 말했다. 양지는 배우지 않아도 본래 구족한 심성이고, 미발은 드러나지 않는 희로애락에 대한 감정이다. 씨앗은 그것을 심어서 싹을 틔우고 열매를 맺기 전에는 어떤 것인지 알 수 없다. 사람의 재능도 미발에 두면 그는 일생을 허비하는 것이고 싹을 틔워 유발(有發)이 되면 삶의 보람이 있다. 누구나 각자의 재능이 있지 않겠는가. 이에 관한 왕양명과 추겸지의 일화가 있다. 왕양명이 강나루에 서서 추겸지를 배웅했다. 배가 점점 멀어져 완전히 보이지 않을 때까지 바라보다 "강물에 파도가 치며 안개에 싸였는데 친구는 벌써 백 리

밖까지 갔구나" 하며 탄식했다. 그러면서 "능력이 있으면 능력이 없는 사람에게 묻고, 아는 것이 많으면 아는 것이 적은 사람에게 묻고, 있으면서 없는 체하고, 실하면서 허한 척하고, 남한테 지시를 받아도 아랑곳하지 않는다. 겸지가 바로 그런 사람이다"라고 하였다.

가을엔 이런 벗이 그립다. 좋은 사람과 따뜻한 차 한 잔 함께 나누고 싶어진다. 좋은 사람은 메마르지 않다. 그의 눈엔 이야기가 있고 타인의 말을 경청하고 포용하는 깊은 가슴을 가지고 있다. 눈물로 씻은 눈만이 세상을 볼 수 있다고 했다. 왕양명과 추겸지는 자신의 내면을 알기 위해 탐욕보다는 수양에 몸을 맡긴 위인들이다. 그런 위인들의 공통점은 사람을 귀하게 여길 줄 안다는 것이다. 기둥이야 되든 말든 목침부터 먼저 자른다는 듯이 행동하는 사람이 적지 않다. 잘 키우면 재목이 되어 사회를 이익되게 할 자질을 갖춘 사람이 소리 소문 없이 사라지는 경우가 얼마나 많던가. 그런 재목을 기껏 내 목침을 만들기 위해 베어버려서는 도무지 공덕이 없다. 그런 소모적인 삶에는 뛰어들지 말아야 한다.

책을 쓴 사람이 서생이다.
하늘과 땅, 귀신이 모두 선비를 좋아한다.

서생은 유학을 공부하는 사람이다. 영어로 'Confucianist'라 번역하는데, 일반적으로 'a student'의 뜻으로도 풀이된다. 배우는 사람이니까 영원한 학생이다. 옛날의 식자는 서생이었다. 서생은 과거시험을 통해 출세도 하고 산골벽지에서 사람을 가르치기도 했다. 그래서 가난한 선비는 사랑받았다. 윤리적으로 귀감을 삼을 만했으니까. 책을 쓴다 해도 글줄이라도 아는 서생이 썼다. 인류 역사적으로 좋은 책과 글은 유배지에서 많이 나왔다는 공통점이 있다. 하늘과 땅, 귀신이 모두 좋아한다는 말이 그렇게 매력적일 수 없다. 글을 쓰거나 예술을 하는 사람은 마음속에 흠모하는 사람이 있으면 닮고 싶은 마음이 우러나 그가 자취를 남긴 현장에 가보려 한다.《사기》를 쓴 사마천은 공자를 존경하여 "위대한 인간에게 고개를 숙이지 않을 수 없다" 하면서, 공자의 고향인 곡부에 가서 사당에 있는 제기와 수레를 만져보고 공자가 입던 옷을 걸쳐보았다고 한다.

가을엔 초목만 물들어가지 않는다. 새로운 사람보다는 익숙한 사람이, 나를 닮고 싶어 하는 사람보다 내가 닮고 싶은 사람과 가을 오후의 늦은 햇살 속에서 함께 시간을 보내고 싶은 마음도 수줍게 물들어간다.

어둠은 말을 재촉하고 빛은 침묵을 요구한다

행복은 차가운 부싯돌 속에 숨은 불꽃과 같다. 뜨거운 불이 차가운 돌 속에 들어있다는 역설은 또 어떻게 가능할까. 인식은 차가운 머리에서 나온다. 알고 보면 행복은 일상의 경험에서 우러난 학증과 믿음이 크게 작용한다. 결국 행복은 자신이 행복하다는 사실을 아는 것에서 출발한다. 아리스토텔레스는 진정한 행복을 Eudaimonia(에우다이모니아)라고 했다. 이것은 인간 본성에서 가장 고결하고 가장 좋은 것을 성취하는 기쁨이다. 그리스인들은 세상에 베푸는 것으로 경험하게 되는 심오한 행복감을 지복이라 했고, 세상으로부터 무언가를 취하는 것으로 경험하게 되는 즐거움을 쾌락으로 구분했다. 즉 그리스적인 지복은 진리에 의해 주어지는 기쁨이자 외부에서 발견되는 타자와의 관계를 전제로 하였다. 반면 인도적인 행복은 Maha sukha(마하 수카)라 하여 즐거운 자극이 아니라 자신의 순수한 의식 자체에서 얻어지는 지복이라는 관점의 차이가 있다.

불교 수행의 목표는 순수하고 명확한 의식의 수원에서 흘러나오는 참된 행복을 깨닫는 것이다. 《우파니샤드》에 전하는 말씀처럼 말이 생각할 수 있도록 하는 힘, 사람이 말을 할 수 있도록 하는 힘, 생명체가 숨을 쉴 수 있도록 하는 힘, 눈이 볼 수 있도록 하는 힘이다. 에고가 자리를 차지하게 되면 신도 악마도 대수롭지 않게 여겨지기 때문에 독선과 아집은 위험하다. 중국사상에서는 남이 보지 못하는 것을 볼 때 명(明)이라

하고 남이 알지 못하는 것을 알 때 신(神)이라 한다. 자기 안에서 일어나는 즐거움과 일의 집중은 행복의 배를 조정하는 방향타와 같다. 그뿐인가. 내심으로 외체를 즐겁게 하고 외체로써 내심을 즐겁게 하는 것이 동아시아의 즐거움이라는 심리일반이다. 우리는 기쁘게 존재해야 한다. 순수하게 주관적으로 존재하거나 순수하게 객관적으로 존재하지 않는다는 게 불교의 마음에 대한 가설이다. 마음수련에서 제시하는 의식의 흐름을 정화하는 네 가지는 이렇다.

참회
신뢰(치유 능력)
결단
정화

참회는 자신의 잘못과 실수를 부끄럽게 돌아보는 마음이다. 참회가 없으면 개심도 없다. 나와 타자의 관계 그리고 그 속에서 내가 엉망으로 만들어버린 삶을 뉘우치는 것이다. 그 다음은 나의 마음은 치유될 수 있다는 굳건한 믿음이다. 이 긍정의 한 줄기 빛이 나를 바른길로 이끄는 유일한 광명이다. 결단은 한번 깨달았으면 반드시 지키려는 노력을 말한다. 경전에서는 토끼와 말과 코끼리가 물살을 헤치고 강을 건너는 방법으로 비유한다. 토끼는 발이 바닥에 닿지 않으니 물살을 가르지 못한다. 말은 물을 가르기는 하지만 가벼워서 발이 바닥에 닿지 않는다. 하지만 코끼리는 무거워서 물살을 완전히 가르면서 건넌다. 마음의 단절을 코끼리가 물길을 건너듯이 하라는 뜻이다. 그리고 정화다. 물질 중에서 정화는 물의 성질이다. 물이 없으면 우리는 깨끗하게 살지 못한다. 정화는 오로지 물의 몫이다. 그처럼 우리의 의식을 오염시키지 않고 항상 청량감 있게 유지하는 노력이 필요하다.

자기 자신을 정복한 사람은 평화롭다. 서양의 고·중세 시대에는 언어에 능숙한 자를 '어진 사람'으로 칭송했다. 적절한 때 적절한 말을 할 수 있는 지혜와 마음의 평화보다 더 높은 행복도 드물다. 마음의 평정은 이런 단계에서 만날 수 있다. 마음의 평화를 가꾸는 첩경은 매사 감사의 마음으로 고맙게 여기고 사는 것이다.

누군가 어떤 것에 고마움을 느끼지 못한다면
그것은 그가 느끼는 대로 나타납니다.
그것이 그의 거울이고 그의 탐욕이고
그의 두려움입니다.
_ 루미

고마움은 상대를 인식하는 능력이다. 성인은 일할 때 근심하지 않고 그 되어가는 과정을 살핀다. 괴테는 "재능은 조용한 곳에서 발달하고 성격은 인간 생활의 격류에서 이뤄진다"라고 했다. 각자가 가진 재능은 조용히 관조하고 자신의 힘을 느끼는 데서 시작된다. 그리고 성격은 환경이 지배한다. 칭찬을 어떻게 받아들이는가를 보면 그 사람의 성격을 알 수 있다. 비방에 대처하기도 어렵고 칭찬에 응하기도 쉽지 않다. 왜 그럴까. 인간의 심리는 스승이 없이도 악을 익히기 때문이다. 좋은 교육이 중요한 이유다. 지혜가 없으면 두려움이 둥지를 튼다. 두려움은 이유 없는 분노를 만든다. 이유 없이 화내고 분노하는 모든 것은 자신의 두려움에서 기인한다. 오직 고마움을 통해 타자를 인식하고 마음을 관대하게 하며 기꺼이 용서받을 수 있는 마음이 생긴다.

요즘은 오후의 시간이 그렇게 좋을 수 없다. 혼자 지내는 시간이 다섯 해가 되어가는 이즈음에 깨달은 것은 오후에 소중한 시간을 보내는 법에 대한 성찰이다. 오후엔 빛이 든다. 태양은 내 서재의 긴 테이블이 있는 남쪽으로 난 창과 서쪽으로 난 창으로 온종일 해바라기처럼 얼굴을 들어 햇살을 보내준다. 예전에 유럽으로 여행을 갔을 때 독일에 있는 괴테의 생가에 들러 서재를 둘러봤었다. 남향으로 난 창 앞의 작은 테이블에 앉아 괴테는 글을 썼다. 내가 남향이라고 기억하는 이유는 오후의 햇살이 너무도 느긋하고 나른하게 창으로 들어왔기 때문이다. 그 후 남쪽으로 난 창을 항상 생각했다. 남향을 유심히 생각한 사람이 또 있다. 가와바타 야스나리라는 일본의 소설가나. 그는 어려서 부모를 모두 잃고 눈먼 할아버지와 함께 살았다. 할아버지는 항상 남쪽을 향해 앉아 계셨고, 이것이 재미있었던지 북쪽을 향하도록 해드리면 어느 틈에 남쪽을 향해 앉아 계시더란 얘기를 그의 《손바닥 소설》에서 읽었다. 남향은 그런가 보다. 남향은 우리를 빛으로 이끄는 따뜻함과 온유함이 있다.

독서가인 알베르토 망구엘은 "어둠은 말을 재촉하고 빛은 침묵을 요구한다"라고 했다. 책에 쓰인 글을 읽으려면 빛이 필요하다. 어둠과 글과 빛은 선순환을 이룬다. 글은 빛을 있게 하고 빛이 사라지는 걸 한탄한다. 빛에서 우리는 문자를 읽고 어둠 속에서 이야기를 나눈다. 글은 읽히기 위해서 빛을 요구하지만 빛은 말을 방해하는 무엇이 있다. 경전의 내용을 확인해보진 못했지만, 망구엘은 그의 책에서 부처님이 설법하시려다가 주변이 너무 밝다고 하면서 말씀을 아니하였다고 소개했다. 빛에서 우리는 타인의 창조물을 읽고 어둠에서 우리는 우리만의 이야기를 만들어낸다.

생각이 익으려면 시간과 마음의 깊이가 필요하다. 그리고 시간과 깊이는 독서와 글쓰기에서 반드시 요구하는 두 조건이기도 하다. 만추의 탐스러운 햇살이 천지를 수놓지만 나는 근래에 들어 미닫이에 덧창까지 고리를 채워 닫고 홀로 익어 가고 있다. 적어도 황금의 침묵이 에워싼 안락한 이 공간에서 나는 궁극적으로 앞을 보지 못하는 사람과 같다. 겉으로 번쩍이는 것에 유혹되지 않는 이 선명하면서도 잔잔한 의식은 온전히 나만의 것이다. 독서에는 세 가지 원칙이 있다. 읽는 글에 대한 경의, 이해하고자 하는 인내, 그리고 수용하고 경청하려는 겸손함이다. 나는 선명하게 깨어있으려고 한 번씩 밖으로 나가 햇살을 살피고 들어오기를 반복한다.

냥이는 잠에서 잠으로 이어지는 속에서 또 한 세계를 보고 있는지 오후 햇살이 넘어가도록 콧등도 보이지 않을 때가 있다. 오늘따라 밀키와 쵸코도 웬일인지 방에서 늘어지게 잔다. 각자 자신의 시간을 만끽하는 이 느슨함은 도리어 팽팽한 긴장감을 드리운다. 평화는 이런 긴장감의 균형 속에서 찾아진다. 고요하다.

빛에서 우리는

타인의 창조물을 읽고

어둠에서 우리는

우리만의 이야기를

만들어낸다.

나를 위한 영혼의 집

오후의 햇살이 드는 남향의 서재에서 다시 시간을 보낸다. 지금이 만추의 시절이라 햇살도 황국을 닮아 노랗고 향긋한 느낌을 준다. 얼굴 환한 누님 같은 정겨움이 우리의 고단함에 빛을 쪼이고, 좋은 술처럼 익어가고, 쓰다남은 편지를 더 늘려 쓰도록 영감을 준다.

돌발성 난청 치료 약을 먹는 통에 자정에 잠들더라도 3시 언저리면 눈이 떠진다. 그러면 뭐라도 한 줄 써보고 싶은 생각에 자판을 두드리다 6시 무렵에 졸음이 쏟아져서 쫓기듯이 무기력한 아침을 맞은 지도 여러 날이 되었다. 뭐가 궁금한지 잠도 없이 방 앞에서 나를 기웃거리는 쵸코와 밀키의 까만 두 눈이 영롱하다. 세상의 모든 행위는 결국 두 가지의 메타포로 귀결된다. 독자와 여행자! 독자는 세상을 배우고 읽는 사람이다. 인생이 여행이고 세상이 읽을 수 있는 책이라면 인간은 세상이라는 책을 읽는 독자이자 여행자다. 책(Book)과 길(Road)은 영원히 우리의 상상력을 자극하고 미지의 세계로 이끈다. 그리고 여행자는 몸을 움직여 세상을 편력한다. 서양에서의 '순례'는 중세에 생겨난 용어로써 성지순례와 복귀를 포함한 왕복 여행을 의미한다. 작가가 순례를 통한 깨달음과 뉘우침을 끝내고 그동안의 일을 이야기할 의무를 느낀다는 게 일반인의 여행과 좀 다르다. 그래서 작가이면서 순례자인 존재의 귀환은 늘 바쁘다. 글을 써야 하니까.

각성은 점진적으로 이뤄지기도 하지만 점프하듯 도약하는 세계가 있다. 이 초월성은 이성적인 추론을 넘는 것이라 시적이고 은유적으로만 설명된다. 따라서 서재는 대단히 정적인 공간이지만 헌책처럼 눅눅하지만은 않고 시공을 넘나드는 쾌활함이 있다. 서재와 도서관은 말을 모시는 성전으로서의 동일한 가치를 지닌다. 서아프리카 모리타니 중부의 아드라르 사막에 자리 잡은 오아시스 도시 싱게티와 우아단에는 유구한 역사를 지닌 수십 곳의 도서관이 아직 남아있다고 한다. 향료를 짊어지고 지나가던 대상, 소금과 책을 짊어지고 지나가던 순례자들이 순간적으로 떠올린 생각에서 탄생한 도서관들이다. 15~18세기까지 이 도시들은 메카로 가는 길에 누구나 잠시 쉬어가는 곳이었다. 무역이나 안전을 이유로 이곳에 멈추었던 사람들이 오랜 세월 동안 책을 남겼고, 그 책들이 도서관으로 모여들었다.

우아단에는 한 거지에 대한 이야기가 전해져 온다. 15세기 초 누더기를 걸친 거지가 굶주린 얼굴로 성문에 나타났다. 거지는 곧바로 모스크로 보내져 먹이고 입혀졌다. 하지만 누구도 거지의 이름이나 고향을 알아내지 못했다. 거지는 책에 파묻혀 시간을 보냈다. 입을 꾹 다물고 온종일 책을 읽을 뿐이었다. 몇 달째 그런 행동을 되풀이하자 이맘(이슬람 교단 지도자)도 인내심을 잃고 거지에게 말했다.

고양이가 주는 행복
기쁘게 유쾌하게

"자기만의 비밀을 간직한 사람은 하늘나라에서 환영받지 못할 거라고 경전에 쓰여 있다. 모든 독서가는 책이라는 삶에서 하나의 장에 불과하다. 자기가 아는 것을 남에게 전하지 않으면 책을 산 채로 묻는 것이나 다름없다. 니에게 그렇게 소중한 책이 그런 운명을 맞기를 바라는 것이냐?"

마침내 거지가 입을 열고, 그의 앞에 놓여있는 경전에 대해 자세히 강론하기 시작했다. 그때서야 이맘은 그가 누구인지 알았다. 그 거지는 귀를 막고 사는 세상에 절망해서 배움이 존중받는 곳에 이를 때까지 침묵하겠다고 맹세한 저명한 학자였다.

말과 글은 더는 흐르지 못하는 것을 통탄한다. 지식은 말과 글의 강둑을 따라 흐르고 싶어 한다. 선종에서는 스승으로부터 제자에게 전해지는 깨달음의 등불을 전등(傳燈)이라 하여 후대에 이어지는 것을 숙명으로 한다. 선각자는 자신보다는 후대의 뛰어난 사람이 다음 세상을 열어가기를 축복하고 갈망한다. 그런 면에서 서재는 강의 중심이요 과일의 핵이다. 빛이 침묵을 부른다는 말이 가능하다면, 서재에서 가장 보내기 좋은 시간은 오후 1시에서 5시 사이라고 생각한다. 물론 이것은 전적으로 내 체험이지만 오후의 이 시간이 왜 그렇게 충만하게 다가오는지, 이보다 좋을 수가 없다는 말을 자주 되뇌게 된다. 독서가들은 서재가 그 주인, 그곳을 애용하는 독서가에게 'Euthymia(에우테미아)'를 준다고 믿었다. 스토아 철학자 세네카는 에우테미아가 '영혼의 행복'을 뜻하는 그리스어라고 설명하면서 이를 '평온'을 뜻하는 'Tranquillitas(트란킬리타스)'로 번역했다. 모든 서재는 궁극적으로 에우테미아를 갈망한다. 방해받지 않을 권리가 있는 곳, 무엇보다 글을 읽는 시간의 편안함이 서재의 궁극이다.

회갑을 넘어선 지인이 이제부터 독서를 시작하면 노년을 잘 보낼 수 있지 않을까 생각한다고 말했다. 독서는 농사와 똑같다. 씨앗은 봄에 뿌리며 여름에 자라고 가을에 거두며 겨울에 갈무리한다. 가을에 씨앗을 어찌 뿌릴 것이며 겨울에 자라도록 할 수는 없는 일이다. 그리고 씨앗은 손으로 뿌리지 자루째 붓지는 않는다. 자연은 비약이 없다. 만사 때가 있다는 진리는 독서에 더욱 엄격히 적용된다. 돈을 모으는 사람은 돈을 모으는 재미를 알기에 더욱 열심히 모은다. 모을 수 있다는 것은 기본 토대가 있다는 뜻이기도 하고 어느 정도 궤도에 올라있는 사람이기에 가능하다. 아무것도 없으면 그 재미를 모른다. 독서도 마찬가지다. 젊어서부터 독서의 탑을 차근차근 쌓지 않으면 축적되는 지식의 즐거움은 없는 것이라서 독서에 힘이 붙지 않는다. 노년에 독서로 힘을 보태려거든 40이 되기 전에 열심히 봐야 한다. 세상의 원리에 질과 양의 함수관계가 있다. 질을 만들려면 양에서 부족함을 느끼지 않아야 한다. 노년에 시작하는 삶이 무슨 힘이 있겠는가. 무엇보다 재미를 붙일 절대적 시간도 없거니와 마음만 급하고 공덕이 쌓이지 않기 때문에 문제다.

덕이라는 글자는 두터움이라는 의미가 있다. 그리스철학에서는 Arete(아레테)라고 하여 덕을 본성이라고 이해하지만 한자의 자형으로는 시간적으로 훈습된 공든 탑과 같은 단단하고 두터운 심성의 정도를 말한다. 호자의 우화가 있다.

사람들이 모여서 한참 동안 선지자에 대해 이야기를 나누고 있었다.

그곳에서 함께 이야기를 나누던 호자는 또다시 장난기가 발동했다.

호자가 사람들에게 말했다.

"나도 그 선지자들 가운데 한 사람일세."

사람들이 깜짝 놀라며 말했다.

"그런 말을 함부로 하다니요. 만일 당신이 선지자라면 그 증거를 보여주시오. 기적을 행해 보란 말이오."

호자가 말했다.

"흠, 믿기지 않겠지만 저기 보이는 저 소나무를 내게로 가까이 오게 하겠네."

이렇게 말한 호자가 갑자기 소리쳤다.

"오, 나무여 내게로 오라."

하지만 땅속에 깊이 박힌 소나무는 움직이지 않았다. 그렇게 두 번을 더 소리치다가 호자는 사람들을 바라보며 말했다.

"나무가 오지 않으면 우리가 가면 될 게 아닌가?"

그러고는 뚜벅뚜벅 소나무를 향해 걸어갔다.

이와 비슷한 이야기를 이슬람 우화에서 여럿 봤다. 아마도 그들에겐 이 이야기가 여러 의미로 회자되는가 보다. 교훈도 어렵지 않고 이야기도 유쾌하다. 좋은 삶은 기적이 없는 듯이 사는 것이다. 삶은 어디서나 기적으로 충만하며 순간순간 구원과 해탈로 넘쳐난다. 소나무가 내게로 오든 내가 소나무로 가든 그 무엇도 달라지지 않는다. 다시 돌아오지 않는 네 가지가 있다. 입 밖에 낸 말, 쏴버린 화살, 흘러간 세월, 간과해버린 기회. 단테는 "현명한 자는 허송세월을 가장 슬퍼한다"라고 했다. 서재는 영혼의 집이자 고향의 집이다. 온전히 나만의 시간 속에 침잠할 수 있는 안온함이 선물이다. 하지만 그곳으로 사람을 불러 모으지는 말라. 평화가 깨지는 것은 순식간의 일이다. 나는 오늘도 나의 서재가 영혼의 행복을 주는 에우테미아가 되기를 기도하며, 또 그렇게 만들어갈 지혜를 달라고 향축

한다. 유순함과 겸양으로 나의 덕이 높아지기를, 투명한 가을 하늘처럼 순결하기를!

냥이의 장미정원

까짓것 정원쯤이야

그리스철학의 시초로 여겨지는 이오니아학파가 등장하기 전까지는 잠언이 지혜의 꽃이었다. 고대인들이 삶 속에서 터득한 지혜들이 사람의 입을 타고 현재까지 흘러 내려왔으니 잠언은 통찰의 지혜다. 잠언은 사람이 살아가는 데 훈계가 되는 짧은 말인데 함의가 아름답고 인용하기 좋다. 은유는 은유에서 다시 만들어지고 인용구는 인용구에서 얻어진다. 우리가 즐겨 인용하는 말들은 지난 시간에 누군가 썼던 것들이 다시 구르고 굴러 나에게 이르렀다. 좋은 독자가 되려면 위대한 작품을 읽으라고 하듯이 좋은 문장을 쓰고 싶으면 사람들이 자주 인용하는 글을 외우는 게 좋다. 종이가 보편화되지 않았던 시대에는 좋은 말을 들으면 전부 외워야 했다. 현대적 개념으로 말하자면, 당시 인문학적 소양은 외우는 능력에서 차이가 났다.

    잠언의 주요 내용은 건강과 중용의 철학이다. 과거부터 건강의 적은 불규칙한 식사와 스트레스였다. 반대로 건강한 삶을 위해서 현자들이 주목한 것은 웃음이다. 유쾌한 정신이 심신 건강에 절대적이라는 사실을 인류는 일찍부터 깨달았다. 그래서 웃음에 대한 잠언과 격언이 문화권마다 풍부하게 전해져 온다. 히포크라테스도 "웃음이야말로 몸과 마음을 함께 치료하는 최고의 수단이다"라고 했다. 아마 그 옛날에도 장수하고 건강한 사람들의 공통점이 잘 웃는 것에서 비롯됨을 깨닫지 않았을까? 심지어 행복은 웃음의 양에 달려있다고 하니 실천해볼 가치가 있다.

내가 냥이를 돌보면서 얻은 공덕이라면 기쁘게(Happy), 유쾌하게(Pleasant) 살겠다는 각성을 하게 된 것이라고 말할 수 있다. 그래서 책상 앞에 '나는 기쁘게 오늘 하루를 살 것이다'라고 붙여놓았다. 기쁨(Pleasure)은 '유쾌하게'에서 파생된 단어다. 즐겁고 상쾌한 기분은 유쾌하며 가볍고 발랄한 모습은 경쾌하다. 심신의 유쾌하고 경쾌함은 햇살처럼 번지며 깃털처럼 가볍다. 냥이의 경우, 양탄자도 필요 없고 보석으로 치장한 집이라 해도 별 관심이 없다. 그저 종이상자라도 하나 구석에 놓아준다면 행복하게 한나절을 깊은 잠에 빠져 보낼 수 있다. 적어도 내가 겪어본 냥이는 꼭 부드러운 자리를 좋아하지만은 않았다. 냥이는 자신이 잠든 사이에 적으로부터 공격당할 위험이 있느냐의 여부가 가장 우선하는 문제다. 그리고 시끄럽지 않은 안락한 느낌을 주는 장소라면 기분 좋게 지낼 수 있다. 기쁨이 있는 가난은 훌륭하다고 하는데, 냥이는 이런 철학에 아주 충실한 방향으로 몸을 틀었다.

나는 육체노동을 싫어하지 않지만 흙 만지는 것도 그렇고 흙에 대해 아는 것도 별로 없어서 작물을 직접 길러보지 못했다. 하지만 꽃이나 나무를 가꿔보고 싶은 마음마저 없지는 않아서 책을 찾아보기도 하고 재배하는 사람을 만나면 물어보기도 한다. 최근 부쩍 상추나 배추 같은 밭작물을 심어보고 싶은 열망이 생긴다. 절에서는 당우 주변이나 정원에 파초를 즐겨 심는다. 파초는 바나나와 같은 속의 여러해살이풀이다. 높이는 4미터까지 클 수 있고 밑동도 나무처럼 튼실하다. 잎이 넓고 시원해서 참선하는 선방 주위에 많이 심는다. 동남아시아에서는 길거리 음식을 담아내는 접시 역할도 한다. 마치 토란 잎처럼 물기에 젖지 않고 깨끗해서 충분히 위생적으로 쓰일 수 있다. 손질도 그다지 필요 없다. 다만 늦가을에 밑동을 잘라서 짚으로 덮어 얼지 않게 해주고 봄에 걷어내면 밑동에서 다시 줄기가 죽순처럼 솟아오르며 습하고 비가 많은 장마에 절정을 이룬다. 구근식물이라고 칭할 수 있는지는 모르겠지만 한 뿌리에서 하나만 나지 않고 땅속뿌리가 번져가며 번식을 한다. 탑전에는 법당채의 중앙 계단의 양쪽과 사리탑 올라가는 계단 양쪽으로 총 네 곳에 파초가 자란다. 파초를 위해 특별히 거름을 주지 않았으나 혼자서도 잘 자라는 모습이 좋다. 파초 잎에 빗방울이 떨어지면 한밤중에는 제법 크게 들린다. 나에게는 비 소식을 가장 먼저 알려주는 벗과 같아서 고맙게 생각하는 식물이다.

　　한두 해 전이었을까. 산행 중에 계곡을 건너다 미끄러지며 정강이를 바위에 부딪히는 바람에 살이 패여서 순천 병원에 잠시 통원 치료를 받은 적이 있었다. 오전에 서둘러 가면 11시 이전에는 일을 마칠 수 있다. 문제는 점심이다. 절에서는 아침을 6시, 점심을 11시에 먹기 때문

에 이 시간을 놓치면 굉장히 허기를 느낀다. 더구나 운전하면 피곤이 곱절 더하여 무엇으로든 식사 해결을 해야 한다. 낯선 도시에서 식사하는 것이 왜 그렇게 어려운지 이 나이가 되어서도 곤란함을 느낀다. 가장 간단한 해결 방법은 샌드위치 같은 가벼운 음식으로 한 끼를 때우면 된다. 나는 햄을 좋아하지 않아서 샌드위치도 기본 메뉴를 고른다. 서울에서 지내본 터라서 고민할 것도 없이 S 커피점에 들어가 아이스 아메리카노 큰 컵에 단호박 에그 샌드위치를 주문하여 돌아오는 차 안에서 먹는 방식을 택한다.

그곳 매장에는 커피 찌꺼기를 비닐봉지에 담아 카운터 아래에 두고는 필요한 사람이 가져갈 수 있게 해놓았다. 공짜일수록 여러 봉지를 가져가는 건 실례다. 한 봉지 가져가도 되냐 물으니 필요한 만큼 가져가라며 점원이 흔쾌히 답을 해줬다. 그래서 두 봉지를 가져와 화단의 파초 더미에 뿌렸다. 막연히 커피 알갱이에 영양분이 많을 거라고 생각해서였는데, 지금 와서 안 사실에 비춰보면 무지한 일이긴 했다. 커피 찌꺼기에는 질소가 약간 포함되어 있어서 식물에 직접 주면 해롭다고 한다. 질소는 미생물에 의해 분해되기 어려운 특징이 있고 토양에 바로 사용하면 질소 성분이 감소하여 오히려 식물의 영양분이 부족해지는 현상이 생긴다. 제대로 사용하려면 부엽토나 음식물 찌꺼기 등에 커피를 비율에 맞춰 발효시켜야 한다니 간단한 일이 아니다. 이처럼 만사 탐구하지 않으면 이치와 맞지 않는 방향으로 나아간다.

그때는 굳이 여러 가지를 알아볼 생각까지는 하지 않았고, 여러 해가 되도록 거름 한 번 주지 못한 것이 미안해서 결행한 일이었다. 그런데 해가 바뀌고는 그전과는 전혀 다른 모습으로 파초가 무성하게 자랐다. 키도 훌쩍 커지고 밑동도 나무 기둥처럼 굵고 야무졌다. 줄기도 늘어나고 잎도 더욱 크게 자라는 모양이 아주 만족스러웠다. 그래서 내 방 앞의 뜰에 파초도 심고 장미도 심고 국화도 심어서 조그만 화단을 만들어보고 싶은 꿈이 새록새록 커졌다. 난 소박하게나마 이 봄에는 꼭 정원을 만들어보겠다는 열망을 가졌다. 이름은 미리 생각해뒀다. 냥이의 장미정원! 당장은 자생력이 강한 파초부터 시작하겠지만 속마음은 덩굴장미를 심는 거였다.

가난할 때 좋은 시간을 가지라는 가르침은 어디에서나 통용된다. 지금 누리는 이 여유가 오래가지는 않을 것이다. 그러니 항상 즐겁고 행복하게 지내볼 생각을 하는 것이고, 사람이 아닌 저 털북숭이 친구인 냥이에게도 말을 건네고 마음을 주고 뭐라도 재미있게 해주고 싶은 마음이 있다. 냥이가 실제 즐겁고 행복할지는 알 길이 없다. 다만 냥이를 애틋하게 생각하고 소중히 대하며 소홀하지 않는 자세에서 나의 마음이 익어가는 게 유쾌하다. 그렇다면 뭘 못해? 까짓것 정원쯤이야. 그렇게 해서 화단을 만들었고 어설프지만 '냥이의 장미정원'이라고 이름을 붙였다. 그 과정은 생각보다 일이 많았다.

　　내 방의 남쪽으로 난 창은 탑전의 입구로 올라오는 길과 담장을 바라보는 위치에 있다. 담장 안쪽으로는 처마 밑에 석회로 다진 폭 2미터 정도의 기단이 있고, 다시 지대석과 담장 사이에 폭이 1미터 남짓한 공간이 있다. 길이는 10미터 정도. 이것이 ㄱ자 모양으로 꺾여 정면으로 길게 담장과 나란히 탑전의 축대 위에 만들어져 있다. 내 방에서 나가면 건물의 측면 공간이 발코니와 같은 역할을 하므로 평소에도 깨끗하게 관리를 하지만 흙밭에는 잡초가 잘 자라서 자주 뽑아주지 않으면 남 보기에도 민망해진다. 그래서 풀밭 대신 화단을 만들어볼 생각을 하기에 이르렀다.

정원 가꾸기를 좋아하는 사람들은 우표 크기의 땅이라도 정원을 가꾸라고 한다. 나는 정원 일을 일단 시작부터 하고 조금씩 보완하는 방식으로 방향을 잡았다. 결심을 하고 내가 한 첫 번째 일은 '흙밭 바라보기'다. 창고에서 헌 의자를 꺼내와 깨끗이 닦고 나서 창틀 아래 벽에 바짝 붙이고는 가부좌를 하고 앉았다. 그리고 이미 잡초가 자리를 잡고 번져가는 흙밭 바라보기로 며칠을 보냈다. 냥이는 이런 내가 이상한지 곁에 와서 고개를 갸웃거리기도 하고 반응이 없으면 발로 툭 건드려보기도 했다. 이 녀석이 지난겨울을 지나면서 어디서 배워왔는지 내가 지나가면 발로 툭, 어떤 날은 툭툭 권투선수가 잽을 날리듯이 뭐라고 옹알거리면서 선제적으로 의사 표현을 하기 시작했다. 그럴 때면 "냥이, 요즘 왜 말이 많아졌어?" 하면서 예뻐라 한다.

기다려 냥이. 장미정원을 만들어줄게. 웃으며 보낸 시간은 신들과 함께 보낸 시간이라 했으니, 이제 냥이를 위한 장미정원을 만드는 일은 신들의 시간이다! 그러면서 일의 순서를 정했다. 혼자서도 웃음이 나오는 이 일은 구상 단계부터 무척 들뜨게 하는 무엇이 있었다.

심어보기 전에는 알 수 없지

나는 빈 뜰을 바라보며 여러 날을 보냈다. 아직 파헤치기 전의 흙밭은 밤엔 어둠이 내려왔고 낮엔 그 자리에 햇볕이 번갈아들었다. 내가 정원 가꾸기에서 가장 믿어야 하는 것은 이 둘이라는 생각이 들었다. 거름을 주거나 물을 주지 않았어도 봄의 중심에 들어온 뜰에는 이미 여러 종류의 풀들이 자라고 있다. 만약 풀이 전혀 자라지 않는다면 그 땅은 식물을 길러내지 못한다는 말이 된다. 그러니 풀이 어지러이 자라지 않았다면 애초에 정원을 생각하지도 않았을 것이다. 따라서 내가 바라보는 이 흙은 건강하고 오염이 되지 않았으니 어떤 식물을 심는다 해도 잘 자랄 수 있다는 증표였다. 흙밭의 경계인 담장 너머엔 탑전 입구에 해당하는 구산선문이 있고 그 아래 계단의 양쪽에 비파나무 두 그루가 자란다. 그 나무는 서울의 간송미술관에서 이식받아 왔다. 사철나무인 비파나무 가지가 무성하여 뜰에 햇볕이 드는 걸 막고 있어서 그 가지는 쳐내야 한다. 땅은 파보지 않으면 모른다. 겉과 속은 전혀 다르다. 사람 속만 알 수 없는 게 아니라 땅속도 모르는 거다. 그런 면에서 물이라는 물질은 투명하여 속을 볼 수 있다는 사실이 새롭게 다가왔다.

이제 일의 줄기는 두 갈래로 답이 나왔다. 햇빛을 이해하고 땅을 아는 것. 뭐라도 심으려면 이 둘의 성찰 위에서 이뤄야 할 듯했다. 천도교 방송이었던가. 언젠가 채널을 돌려보다가 24절기를 반복하여 외우는 것을 기도로 삼는 것을 보았다. 하긴 24절기를 외우면 1년이 한눈에 들어오기 때문에 도를 깨닫는 요긴한 수단이 되긴 할 것이다. 나는 식물을 볼 때, 이게 뭘까 싶으면 종-속-과-문-강-문-계라는 동식물의 분류방식을 중얼거리는 습관이 있다. 그래서 학교나 공원, 가로수 같은 기타 공용지의 나무에 매달아 놓은 명패가 눈에 띄면 꼭 읽어본다. 그 나무의 계통을 파악하는 게 즐거우니까. 생각이 여기에 미치자 일을 시작하기 전에 공부가 더 필요했다. 우선 식물의 이름을 이해하는 법에 관한 책을 몇 권 주문하고 인터넷을 뒤져 광합성에 대해 공부하기로 했다.

냥이는 의자 옆에 놓인 스크래쳐를 긁기도 하고 하품도 하면서 내 곁에 머물렀다. 그러다 눈만 마주치면 야옹 하면서 간식을 달라고 했다. 인간도 맛있다 싶으면 물불을 가리지 않는데 그 정도야 거절할 수 없지. 처음에는 간식 설명서에 적힌 대로 옛날에 회충약 먹듯이 개수와 횟수를 따르려고 했다가 단념한 지 오래다. 냥이가 치킨 트릿 몇 개 더 먹는다고 하여 달라질 것도 없다. 나는 계속 공부에 열중했다.

지구상의 생물은 공기 중의 산소와 지상의 탄수화물 때문에 살아갈 수 있다. 이 두 가지는 광합성에서 이뤄진다. 이것은 지구가 생기고 10억 년이 지나서야 이뤄지기 시작했고, 생물이 살 수 있는 여건은 이렇게 만들어졌다. 장미 묘목이 숨을 쉬고 영양분을 얻으며 살아가기 위해서는 바람이 잘 통하고 배수가 잘되어 뿌리가 썩는 일이 없어야 한다. 무엇보다 장미정원의 시작과 끝은 햇볕이 잘 들도록 하는 것으로 귀결되었다. 다음은 흙 자체가 궁금했다. 흙도 이력이 있다. 본래의 흙 자체보다도 어떤 작물이 자랐느냐에 따라 땅의 성질이 달라진다. 냥이의 장미정원이 들어설 흙밭이 잡초는 잘 자라지만 화초가 가꿔질 정도로 영양분이 풍부한지는 알지 못한다. 하지만 흙 문제는 미루기로 했다. 왜냐하면 식물 자체의 힘이 어느 정도인지 살펴볼 필요도 있겠다는 생각이 들었기 때문이다. 일의 순서가 머리에 잡히자 일을 시작할 용기가 생겼다.

나는 창고 문을 활짝 열고 연장을 살펴보았다. 먼저 괭이와 삽을 꺼냈다. 이 둘만 해도 땅을 파는 일은 충분하지 싶었다. 그리고 톱을 찾아봤다. 톱은 공구를 넣어두는 서랍에 들어있었다. 오랫동안 쓸 일이 없었는지 붉게 녹이 슬어있었다. 그래도 나뭇가지를 잘라내지 못할 정도까지는 아니어서 괭이, 삽, 톱을 장갑과 함께 챙겨 나와 흙밭 옆에 나란히 내려놓았다. 잠깐 심호흡을 하고, 장갑을 끼고 삽을 들어 흙밭 위에 살짝 세웠다. 이제 정말 '첫 삽'을 뜰 시간이다. 조심스럽게 발에 힘을 주어 흙 속에 삽을 밀어 넣었다. 내가 이 정원의 주인이구나 하는 기분이 느껴졌다. 흙은 거칠었다. 크고 작은 돌들이 생각보다 많았지만 진흙은 아니어서 돌을 파내듯이 삽으로 살살 헤쳤더니 구덩이가 쉽게 만들어졌다.

첫날은 파초를 심을 생각이었다. 겨우내 파초를 덮었던 짚을 벗겨낸 지 오래되지 않은 터였다. 지난 늦가을 잘라낸 밑동은 검게 변해 있었고 나이테 같은 원형의 돌기가 봄기운에 녹아서인지 흡사 썩은 듯이 보였다. 그중에서 생장이 빠른 것은 벌써 아이의 이가 돋아나듯 꿈틀거리며 뿌리줄기가 올라오기 시작했고, 겨울 추위가 오기 전에 손질을 잘해서인지 얼어 죽은 느낌까지는 들지 않았다. 난 파초 무더기의 가장자리에 돋아나기 시작한 튼실한 것으로 골라 네 곳에서 한 뿌리씩 삽으로 떠냈다. 중앙이 아니고 가장자리에 삽을 찔러 뜬 것인데 싱싱하게 살아있는 뿌리를 도려내는 식이라서 무 같은 속살을 단면으로 자르며 떠내는 게 미안했다. 대신 뿌리를 떠낸 곳에 낙엽을 넣고 그 위에 흙을 메꿔 지장 없이 잘 자라길 염원하며 작업했다. 냥이는 뭐가 궁금한지 일을 하는 주위에서 놀았다. 어쩌면 새 흙더미를 보는 것이 볼일을 보고 뒤처리하는 본능을 자극했을지도 모른다.

뿌리의 무게가 상당해서 한 뿌리씩 삽에 얹어 옮겼다. 구덩이는 두 개를 팠다. 눈짐작으로 판 구덩이가 넉넉하지 않아서 조금 더 둘레를 넓힌 다음에 부엽토로 구덩이 속을 두르고 나서 파초 뿌리를 넣고 흙을 두껍게 덮었다. 부엽토는 화단과 위채 뒤편에 군용담요 한 장 크기의 텃밭에 주려고 사놓은 것을 우선 사용했다. 20킬로그램 한 포대가 1만 원이 되지 않는 가격이라 부엽토는 그 뒤로도 여러 번 사 와서 흙에 섞어주었다. 파초는 물을 좋아해서 옮겨 심은 후에도 한동안 아침저녁으로 충분히 물을 주면서 관찰했다. 날이 빠르게 풀려서 봄기운이 충만하다 느낄 즈음엔 본 무더기의 파초들이 새순을 밀어 올리기 시작했다. 하지만 옮겨 심은 파초는 좀처럼 새순이 올라오지 않아 초조해졌다. 그래서 하루에 몇 번이고 두 곳의 뿌리를 비교해보며 빨리 싹이 오르기를 기다렸지만 땅은 고요했다. 어떤 식물이건 이식은 힘들다. 하지만 제 발로 이동이 불가한 식물의 입장에서 이식은 특별한 경험이다. 식물도 홀로 서는 방법을 배워야 한다.

　　나는 파초를 지켜보는 틈틈이 괭이로 땅을 파서 돌들을 골라내고, 부엽토를 뿌려주고, 순천에 나가면 커피 찌꺼기도 얻어와 뿌리면서 땅의 지력을 높이기 위해 열의를 가졌다. 이제 4월이라 이 정원의 주인이 될 장미를 들여올 차례다. 광주나 순천에 나갈 일이 있으면 혹시 묘목을 파는 화원이 있나 유심히 살펴봤지만 잘 눈에 띄지 않았다. 한번은 순천시 외곽에서 안으로 들어가는 초입에 화원이 보여서 혹시나 하고 차를 멈춰 들어가 보니, 장미 묘목은 맞는데 키만 컸지 막 터져 나오기 시작한 잎이 몇 개 붙어있지도 않아서 보는 순간 맥이 빠졌다. 하나에 8천 원씩 다섯 그루를 샀다. 그리곤 돌아와 연장을 챙겼다. 냥이는 잠이 덜 깬 듯한 얼굴이기도 하고 안에서 나오니 햇살에 눈이 부셔서도 그렇겠지만 실눈을 뜨고 나를 올려다보며 뭐라고 쫑알댔다. 냥이 간식을 주면서 눈에 붙은 눈곱을 떼주고는 장미 심을 자리를 살폈다.

　　아랍에서는 물이 있는 곳에 우물을 파라고 한다. 될 일이 있고 되지 않는 일이 있다. 될 일은 되지만 안 될 일은 안 된다. 장미 묘목이 잘 자랄 수 있을지, 그것은 가꿔보기 전에는 모르는 일이다. 나는 지금까지 살아오면서 모르는 일을 시작할 때는 먼저 사전 지식을 습득하는 것이 중요하다고 믿어왔다. 이런 자세가 꼭 유익한 것만은 아니어서 일을 대할 때의 괜한 긴장감이 커간다는 문제가 생긴다. 그래서 이번만큼은 어떤 고정된 생각에서 벗어나 시작해놓고 배워가는 방식으로 해보고 싶었다. 이 과정에서 깨닫게 되는 것이 왜 없겠는가. 장난스럽고 활기 있게 사는 것이 삶을 충실히 사는 자세라는 한 힌두 수행자의 글을 최근에 읽은 적이 있다. 어쩌면 그 영향 탓인지는 모르겠으나 즐거운 마음으로 장미를 심어보기로 했다.

숨이 터질 때까지

내가 왜 덩굴장미를 좋아하고 어쩌다 장미정원을 직접 가꾸겠다고 생각했을까. 계절마다 피고 지는 모든 꽃은 아름답다. 이른 봄의 수선화도 좋고, 벚꽃도 좋고, 늦가을의 황국도 좋아한다. 그중에서도 장미는 꽃 중의 꽃이라 생각한다. 신비주의자들에게는 예언자가 천상을 여행할 때 흘린 땀의 소산이 장미라고 말하는 전통이 있다고 한다. 장미는 예언자의 향기를 실어 나르며 사랑의 대상을 상징하는 완벽한 이미지를 지닌다. 장미는 묘목으로 길러진다. 나무줄기가 한 번 뿌리를 내리면 그 자리에서 계절 따라 잎과 꽃이 피었다 지기를 반복하며 살아간다. 반면에 다년생 화초는 추위가 오면 몸 전체를 던져버리고 땅속으로 들어가 겨울의 추위를 넘긴다. 그리고 뿌리에 단단히 붙어있던 생명은 봄이 되면 다시 허리를 곧추세우면서 줄기를 피워올리고 꽃을 맺는다. 그래서 화초를 좋아하려면 겨울 동안의 긴 이별을 감당해야 한다. 반면

장미처럼 묘목에 자라는 꽃은 겨울에 빈 가지라도 보여줄 수 있으니 장미는 항상 같이 있다는 믿음을 준다.

　　기본적인 구조로 보면 나무의 줄기는 풀의 줄기와 다를 게 없다. 다만 중심줄기의 물관부가 단단해져 목질부가 되면서 풀줄기보다 나무줄기가 더 굵고 단단하다. 장미 묘목은 해마다 자라서 연약한 줄기로는 늘어나는 꽃과 잔가지들을 지탱하기 벅차다. 허리가 약한 장미는 어쩔 수 없이 약한 몸을 지탱할만한 버팀목이 필요하다. 그 최상의 의지처는 담장이다. 담장은 튼튼하며 경계를 이룬다. 담장을 타고 넘어온 꽃이라 해도 담장 안의 주인이 있는 토양에서 넘어온 것이라서 굳이 따지자면 임자가 있다. 그렇게 보면 내버려진 장미는 있을 수 없다. 땅은 어디나 소유자가 있으니 장미는 보호받는다. 장미는 목까지 가시를 둘러 자신을 지킨다. 중세 유럽에서는 장미가 침묵의 약속으로 상징되었다. 농축된 향기를 담은 향수일수록 작고 앙증맞은 유리병에 들어간다. 침묵도 마찬가지여서 모든 언어의 절정은 침묵으로 나타난다. 콘스탄티노플 성 소피아 사원의 입구에 새겨졌다는 '그대의 악을 얼굴에서만 씻어내지 말라'라는 경구는 장미에게 헌정되어도 무방하겠다는 생각이 든다. 마음에서부터 정화되지 않으면 얼굴을 고치는 것으로는 부족하다. 반대로 마음에 갖춰지면 얼굴에 반영되는 것은 순식간의 일이다. 가시라는 삶의 고난과 불편은 장미처럼 보람찬 결실을 보상으로 내놓는다.

우리는 삶을 신뢰해야 한다. 내가 덩굴장미와 함께 대숲의 정경, 그리고 서리를 듬뿍 뒤집어쓴 노란 꽃잎이 마당 구석에서 가을이 끝나가도록 농익은 향기를 내뿜는 황국을 좋아하는 이유는 유년의 시골집에서 이런 꽃들과 함께 자랐던 기억 때문일지도 모른다. 우리는 사는 만큼 기억하기보다는 기억하는 만큼 산다. 삶을 반추하고 좋은 기억으로 살아가겠다는 다짐이 있어야 한다. 사랑하는 사람에게 귀에 못이 박히도록 하는 얘기가 무엇인가. 결국 좋은 추억 쌓기에 대한 소박한 바람이다. 좋은 관계란 좋은 기억의 방향으로 함께 나아가기 때문이다.

장미정원을 만들기 위해 담장 근처에 구덩이를 파고 뿌리의 생장을 방해할 돌들을 주워냈다. 그리고는 구덩이 밑에 부엽토를 듬뿍 넣고는 물을 떠 와서 충분히 적시게 했다. 세면장까지 몇 번이고 물을 나르는 동안 처음에는 내가 어디 가는 줄 알고 냥이가 따라나섰다. 하지만 곧 그것도 싫증이 났는지 담장 위로 훌쩍 뛰어올라 나무 그늘 속에서 담장 너머로 시선을 두고 한동안 앉아있었다. 구덩이 다섯 개는 장미가 담장을 타고 넘을 수 있도록 담장 가까이에 조성하였다. 이 작업을 마치고 드디어 묘목을 한 그루씩 구덩이에 넣었다. 한 손으로 묘목을 잡고 다른 손으로 뿌리를 가지런히 하여 바닥에 골고루 펴고 나서 그 위에 흙을 덮기 시작했다. 실뿌리들을 덮고 몸체와 이어진 굵은 뿌리까지 덮은 다음 흙이 들뜨지 않게 발로 밟아주고 부엽토도 골고루 한 층이 되도록 뿌렸다. 그러고는 삽으로 주위에 흐트러진 흙을 쓸어 담아 묘목을 묻은 자리가 봉긋해지도록 다시 돋우고 나니 지지대 없이도 묘목이 똑바로 섰다. 이런 방법으로 다섯 그루를 차례로 심었다. 묘목이 모두 자리를 잡자, 나는 땅속에서 나온 돌과 주변에 뒹구는 돌을 모아 묘목의 봉긋한 흙 주위에 동그랗게 원을 만들듯이 둘러주었다. 보기에도 좋고 물이 뿌리에 오래 스며들도록 물막이 기능도 가능하다.

사실 더 중요한 이유가 있다. 나는 장미에게 자신의 영역을 알려주고 싶었다. 사람도 자신의 영역이 정해지면 안정감을 느끼듯이 묘목에게도 그런 마음을 확인시켜주려는 거였다.

　이제 냥이의 장미정원에는 파초가 다섯 뿌리, 덩굴장미 묘목 5주가 터전을 잡았다. 나는 다시 물을 가져와 뿌리까지 적셔지도록 듬뿍 부었다. 물은 순식간에 땅속으로 사라졌다. 뿌리를 적시기나 한 것인지, 몇 번을 줘도 물은 오래 머물지 못하고 사라진 터라서 이것이 장차 묘목에 어떤 영향을 미치게 될지 알 수 없었다.

　다음 날은 담장을 넘어오는 비파나무의 가지를 톱으로 자르는 작업을 했다. 이 가지들이 지금까지는 남쪽으로 난 내 방의 창문을 가려주어서 고마워했었다. 그런데 이제 거추장스럽다고, 그것도 녹이 슬어 잘 들지도 않는 톱으로 잘라내려고 하니 스스로 이중적인 기분이 들기도 했다. 입구의 눈에 띄는 곳에 자라는 나무라서 두 그루의 균형을 어느 정도 맞춰줄 필요가 있었다. 사다리까지 동원하여 치렁치렁했던 가지들을 쳐냈더니 어린 학생의 하얀 목덜미처럼 햇살이 바로 든 입구도 훤해지고 좋았다. 가지를 치면서 담장 위에 수북이 올라가 있던 담쟁이덩굴까지 걷어냈다. 이것은 담장의 기와를 관리하는 측면에서도 잘한 일이지 싶었다. 새로 심은 장미 묘목과 옮겨 심은 파초 주위에 자라난 잡초까지 뽑아내자 냥이의 햇살 바른 장미정원은 하루 전과는 전혀 다른 얼굴이 되었다.

장미정원을 바라볼 수 있는 창틀 아래에 버려질 뻔한 헌 다탁을 벽에 바짝 붙여놓은 뒤 그 위에 냥이의 스크래쳐를 올려놓았다. 냥이가 발톱을 갈거나 배를 깔고 앉아서 시간을 보내기 좋을 듯했다. 냥이의 간식 통이 다탁 위에 있어서 내가 나타나면 스크래쳐에 발톱을 갈면서 유인을 한다. "냥이, 용맹한 척 그만해." 물론 눈이 마주치면 조그만 트릿 알갱이를 두세 개라도 주지 않을 수 없다. 흙일을 하는 동안 스크래쳐에 몸을 기대고 늘어지게 쉬고 있던 냥이의 콧등을 톡톡 치면서 일단의 정리된 정원을 가리키며 말했다.

"냥이, 어때? 네 정원이야."

장미 묘목은 이후로도 두 차례 더 심었다. 광주에 다녀오는 길에 담양으로 빠져나오는 외곽의 한 화원에서 산 덩굴장미 묘목 5주와 무릎 정도 올라오는 장미 7주였다. 이 묘목들은 지붕에서 떨어지는 빗물이 강하게 들이치는 장소를 피해 터를 잡았다. 흙을 한 번 뒤집어서 그런지 장미가 새싹을 틔우기도 전에 바닥에서 잡초들이 올라오기 시작했다. 잡초는 눈에 보이기 시작하는 단계에서 손을 대야 한다. 그들이 정원을 잠식하는 것은 순식간의 일이다. 잡초는 천연덕스러운 면이 있어서 뽑아낸다고 굴복할 성격이 아니다.

봄비가 한두 차례 지나갔다. 나는 장미의 새싹이 돋아나기를 고대하며 가지를 관찰하는 일에 열중했다. 한 달이 지났을까? 줄기에 하나둘 싹이 올라오기 시작했다. 숨이 터진 것이다! 식물을 이식하고 그 식물이 뿌리를 내리며 살아가는 단계마다 그들은 숨을 쉬었다. 한 식물의 생장을 지켜본 입장에서 그 과정 하나하나가 숨과 다르지 않았다. 오히려 숨 자체라고 해야 맞다. 인간이나 동물이 호흡하는 것과는 다른 원리지만 폐가 없는 그들일지라도 숨은 있다. 인도 고대 문헌에서는 호흡을 숨이라고 한다. 그래서 식물이 새싹을 밀어 올리면 숨이 터진 것이고, 그렇지 않으면 숨이 막힌 것처럼 느껴져 바라보는 나도 갑갑증이 일었다. 장미는 그래도 쉽게 싹이 트고 잎이 자라면서 그 사이에서 꽃을 맺었다. 하지만 파초는 뿌리마다 생장이 달라서 애를 태웠다.

　　부서진 가슴만이 온전한 가슴이라는 유대의 속담이 있다. 알은 새가 태어나는 시간만 지켜주면 된다. 알이 부서지지 않으면 새는 깨어나지 못한다. 알의 껍데기는 새가 머리를 밀고 나올 때 깨질 정도의 힘만 보여주면 된다. 부서질 수 있어야 열린다. 인간의 가슴이 열리려면 눈물이 있어야 한다. 눈물 흘리지 않는 기도는 본래 없다. 눈물이 무엇인가. 나의 아픔이자 참회다. 참회의 아픈 흐느낌이 있고서 새 출발이 있다. 4월 30일. 그날을 기억한다. 일주일 전부터 꽃망울이 맺히기 시작하여 들뜬 마음으로 주시했었는데 드디어 장미가 분홍빛 꽃을 피워 올렸다. 놀라워라! 막힌 가슴이 터지듯이 꽃도 숨이 터져 나왔다. 최초의 한 송이가 머리를 내밀기 시작하더니 과분하다 싶을 정도로 여기저기서 폭탄 터지듯 색색의 장미가 피어나기 시작했다. 우주가 열리는 기분은 이 조그만 화단에서도 충분히 느껴졌다.

꽃향기와 함께 온 것

장미는 침묵을 가르쳤다. 하지만 장미에 대해서는 할 말이 많아진다. 그 많은 꽃과 식물 중에서 장미만큼 다양한 이야기와 은유를 담고 있는 꽃을 찾기도 어렵다. 장미의 과묵함이 도리어 장미를 노래하게 한다. 서양의 신화에 따르면 장미는 사랑의 여신 비너스의 꽃이었다. 비너스의 아들 아모르가 침묵의 신 하르포크라테스에게 장미를 바쳤다. 그래서 장미는 사랑과 사랑의 비밀을 지키는 수호자가 되었다. 어떤 사물을 두고 거기에서 은유를 발견하는 것은 시인과 신비주의자들의 영감에서 나온 경우가 많다. 그러므로 은유는 단순히 의미의 가공이 아니라 본질적인 함의가 있다. 시간이 흐르면서 장미는 문양으로 그림으로 조각으로 새겨져 비밀엄수의 원칙으로 받아들여졌다. 장미는 침묵을 지킬 수 있는 영혼 앞에 가슴을 연다. 옛날 터키 황제의 궁전에서 갓 태어난 아기에게 처음 젖을 물리기 전에 먼저 장미 꽃잎으로 아기를 감쌌던 이유가 있다. 아기는 자신을 감싼 장미 향기가 지도자의 과묵함을 몸에 입힌 의식이었음을 거친 세상을 살아가면서 터득하지 않겠는가.

침묵을 배울 수 있는 곳은 많다. 침묵이라는 명패를 달지 않아도 사물의 배치를 통하여 침묵을 일깨울 수도 있다. 정원에 국한하여 말하자면 일본의 정원이 떠오른다. 거의 20년 전의 일이다. 박물관 계통의 공부를 하는 분이 일본에 간다고 하여 동행하였다. 교토와 오사카, 나라 지역의 사찰과 문화재를 볼 수 있는 좋은 기회였다. 그 당시는 일본 문학에 관심이 많아서 이것저것 가리지 않고 책을 구해 읽고 아예 전집을 장만하기도 하던 때였다. 그래서인지 교토의 금각사나 헤이안궁 같은 곳은 낯설지 않았다. 특별한 기억은 료안지(龍安寺)였다. 사

무실에 한국에서 왔다 했더니 한 건물로 안내를 했다. 그동안 일본을 축소지향형 나라로 인식하고 있었는데 이 사찰의 규모는 결코 작지 않았다. 일정한 간격으로 미닫이가 쳐진 통방의 크기도 그렇지만 미닫이를 열 때마다 밝은 쪽으로 흘러나오는 료안지의 묵직한 분위기는 정결하게 느껴지는 무엇이 있었다. 목조 건물인데 공간을 이렇게 크게 만들 수 있나 싶어 놀라웠다.

그날은 사람들이 거의 없어서 평소에 보기 어려운 벽화나 병풍의 그림도 볼 수 있었다. 그리고는 정원이 있는 마루로 안내되었다. 15세기에 15개의 돌과 모래로 만든 카레산스이(枯山水) 정원이었다. 마루는 한옥에서 볼 수 없는 폭이 길고 넓은 형태였다. 처마를 낮고 길게 뽑아서 햇빛이 차단된 음영이 그려내는 식은 재 같은 차가운 마루는 윤기 있게 닦여있었고, 결코 어둡다고 느껴지지 않는 밝음이 기초적으로 도배되어 있었다. 사람은 없었다. 오후의 밝은 햇살이 물기 없는 정원에 떨어지고 있었다. 마당을 가득 메운 흰 모래 위로는 갈퀴로 길을 내듯 훑어간 흔적이 보였다. 갈퀴가 낸 모래 위의 길은 사이사이에 묻힌 바위까지 연결되기도 하고 어떤 것은 실제 물이 바위를 에워싸면서 물보라를 만들어내는 모양을 그대로 묘사하고 있었다. 나는 마루 깊숙이 가부좌를 하고 앉아 정원의 하얀 모래를 오래도록 바라보았다. 얼마를 바라본 것일까. 모래는 잔잔한 바다 물결처럼 흔들리기 시작했고 그 속의 돌들은 솟았다 가라앉다 하기를 반복했다. 나는 가슴 깊이 절대적이고 완전한 침묵을 느꼈다. 어쩌면 그런 기억들이 정원에 대한 상상력을 키웠는지도 모른다.

장미 묘목을 구해올 때 꽃은 어떤 모양일지 색은 또 어떨지 물었다. 주인은 설명하기 어려웠던지 심어보면 안다고만 했다. 하긴 당장 눈에 보이는 답은 아닐지라도 틀린 말은 아니다. 그렇게 구해와 심고 물 주며 고대했던 꽃이 위엄있게 피어났다. 뜻밖에도 장미는 모두 모양도 다르고 색깔도 달랐다. 분홍과 빨강도 예뻤지만 노란 장미는 빼어나게 아름다웠다.

"냥이, 향기 한 번 맡아보지?"

나를 따라 뜰에 자주 나와 있는 냥이를 들어 올려 장미 가까이 얼굴을 대며 향기를 맡아보라 했다. 냥이는 색깔보다 소리와 냄새로 사물을 구분하니까 그렇게 했다. 냥이는 코보다도 먼저 앞발을 장미에 없었다. 인간은 꽃을 보면 우선 형태와 색깔을 파악하고 동시에 향기도 맡는다. 과거의 기억과 경험이 있기 때문에 그렇다. 기대와 달리 냥이는 바로 장미를 터치해본 것으로도 충분한지 더는 호기심을 보이지 않고 내려달라며 가늘게 야옹 했다.

　　내가 가꾼 정원에서 꽃을 본다는 사실이 적잖이 흥분되어 아침에도 저녁에도 굳이 날이 밝지 않더라도 잠에서 깨면 잠깐이라도 정원으로 나갔다. 덩굴장미는 여름으로 접어들어서야 꽃망울이 올라오고 꽃을 피우기 시작했다. 전부 맑은 선홍빛이었다. 색깔과 꽃의 크기는 머릿속에 그렸던 거의 그대로였다. 이 꽃들은 입구 아래에서 올려보면 담장을 타고 넘어 허공에 떠 있듯이 꽃을 올렸고 바람에 살랑살랑하는 모습이 매혹적이었다. 그러던 것이 여름을 재촉하는 비가 몇 차례 내리고 나니 하나둘 지기 시작했다.

　　복병은 의외의 곳에서 나타났다. 잎과 꽃의 향기가 유혹했는지 개미 떼들이 줄지어 모든 줄기에 오르내리기 시작했다. 이 무지막지하게 부지런한 녀석들이 한번 시작한 일은 통제하기 어렵다. 아침부터 저녁까지 이들의 행렬은 집요하게 계속되었다. 도대체 이 연약한 줄기에서 뭘 얻으려는 거지? 그뿐만이 아니었다. 크고 작은 벌레들이 잎에 들러붙기 시작했고 어떤 것은 잎을 갉아먹기도 했다. 무성하다 싶을 정도로 왕성하던 잎은 불과 며칠 사이에 사라졌고 꽃도 더는 맺지 않았다. 누군가에게 물었더니 농약을 줘야 한다고 했지만 장미를 키우겠다고 벌레를 죽이는 일은 하고 싶지 않았다. '장미, 네 힘으로 크지 못하면 생은 없다. 네가 가진 힘이 있다면 바로 이 순간에 발휘해보렴.' 그러고는 개입하지 않았다. 하지만 의문은 가시지 않았다. 뭐가 잘못되었을까. 이제는 줄기가 말라가기 시작했다. 결국 땅에 있던 3주와 담장 가까이 심은 장미 중에서도 3주는 살아나지 못했다. 그래도 반타작은 했다 싶어서 불만은 없었다. 대신 파초가 원래 심었던 다섯 뿌리보다 더 많은 줄기가 올라왔으니 따지자면 득실은 반반이었다.

두 번째 이야기

삶은 언제나
받아들일 수 있을
만큼의 아픔을
남긴다

사랑은 소경이지만 멀리서도 보인다

탑전에는 냥이와 이쁜이가 산다. 냥이는 주인처럼 사는데 이쁜이는 그렇지 않아 긴 설명이 필요하다. 몇 해 전 여름 내가 서울에서 내려왔고, 그해 연말 겨울에 냥이가 제 발로 산중암자에 찾아와 몸을 의탁하여 오늘에 이르고 있다. 그 이듬해 가을에 남매인 듯한 어린 고양이 두 마리가 탑전을 들락거렸는데, 그중 한 마리에게 이쁜이라고 이름을 붙여주었다. 이쁜이는 다음 해 봄 보일러실에 새끼 네 마리를 낳아 키우기 시작했다. 지금 생각하면 이쁜이는 용의주도한 면이 있었다. 보일러실의 천장 배관을 타고 1층의 복도 천장에 드나들며 새끼들을 돌봤다. 배가 고픈지 어미를 찾아 울기 시작하는 시점에야 나는 비로소 사태를 파악했다.

새끼들은 하루가 다르게 성장했고 이와 비례하여 천장은 늘 시끄러웠다. 할 수 없이 천장을 가려놓은 판자를 일정한 간격으로 떼내고 사다리를 타고 올라가서 손전등을 비춰가며 새끼들을 천장에서 내려놓았다. 이쁜이는 새끼들을 위채 보일러실로 옮겨서 키웠고, 나도 부드러운 유동식을 접시에 담아주면서 잘 자랄 수 있도록 살펴주었다. 그 네 마리는 새벽이면 어미를 따라 양지바른 사리탑 뒤편의 대숲에서 낮을 보내고 밤이면 이슬을 피해 보일러실에서 잠을 자는 생활을 반복했다.

여름이 되어 밖에서 지내기도 좋은 때라서 저녁에 냥이와 뜰을 거닐며 시간을 보낼 때면 새끼 네 마리가 여기저기 뛰놀면서 빠르게 커갔다. 그러던 녀석들이 보이지 않다가 나타나기를 반복하길래 어디 멀리까지 다니는가 싶었는데, 어느 날부터는 아예 돌아오지 않았다. 허망하다 싶을 만큼 궁금했다. 간혹 큰절에 지나면서 눈에 띄는 고양이들이 있었지만 이미 덩치가 커져 버린 다음이라 특별히 눈에 띄는 무늬가 아니고서는 알아보기도 어려웠다.

이쁜이는 가을에 다시 새끼를 낳았다. 보일러실에 달랑 한 마리. 처음 낳았던 새끼 네 마리와는 거의 석 달 정도 같이 지냈던 듯한데, 이번에는 한 달 만에 새끼를 놓고 가버렸다. 겁도 많고 잘 걷지도 못하는 새끼 고양이를 나보고 어쩌란 것인지. 그래도 다행히 잘 자라기 시작했고 냥이와 장난도 치면서 친하게 지냈다. 밤이면 외등도 없는 위채의 마루 밑과 보일러실을 오가며 사람의 손을 피해 지냈다. 이 녀석이 지금의 이쁜이다. 원래는 주니어 이쁜이라고 이름을 정했는데, 지금은 그냥 어미 이름 그대로 이쁜이라 부르고 있다. 어미 이쁜이는 새끼 때부터 이곳에서 자라서인지 어느 때건 밥을 먹으러 왔다. 건물 바깥에 이쁜이를 위해 사료 그릇을 따로 놓아두어 그릇이 비어있으면 왔다 간 걸 알 수 있었다. 낮에도 스스럼없이 오갔다. 가까이 오면서 울음소리로 자신이 오고 있다는 것을 알렸기 때문에 나는 자다가도 소리가 들리면 이쁜이가 보고 싶어 랜턴을 들고 나가볼 정도로 애틋했다.

다시 한 해가 지나고 봄이 되자 이쁜이가 자주 보여서 이상하다 싶었는데 가까운 숲에 새끼들을 세 마리 낳아서 기르고 있었다. 어린 이쁜이가 냥이와 탑전 근처에서 놀다가 사료를 먹으러 오는 어미 이쁜이와 마주치기도 했지만 둘은 서로 알아보지 못하는 듯했다. 세 번째로 낳은 새끼들이 어느 정도 자랐나 싶었는데 연기처럼 사라지더니 그 후로는 어미 이쁜이를 두 번 다시 볼 수 없었다. 그 녀석과는 그렇게 영영 이별이 되었다. 참 많이 그립고 문득문득 보고 싶은 마음이 가슴을 타고 올라오기도 한다. 죽었는지 살았는지 더 이상 나타나지 않는 고양이를 기다리는 이 기분은 야지의 고양이를 가까이해본 사람만이 안다.

　　그렇게 어미 이쁜이의 빈자리를 지금의 주니어 이쁜이가 차지하게 된 것이 이들의 내력이다. 이쁜이는 특이하게 다리가 보통의 고양이보다 길었다. 이쁜이의 껑충한 다리를 보다가 어디서 짧은 다리의 암고양이를 보면 애완견 닥스훈트처럼 땅에 붙어있는 듯 보인다. 몸집이 잘 불어나지도 않고 허약해 보이던 이 녀석이 늦가을의 어느 날 보일러실에 새끼 세 마리를 낳았다. 그 부실한 몸으로 이 차가워지는 날씨에 새끼들을 낳아 어떻게 하겠다는 것인지 여간 신경 쓰이지 않았다. 고양이는 새끼들에 위협이 된다 싶으면 자리를 옮긴다. 내가 관심을 보이면 그것을 위협으로 느낄 수 있겠다 싶어 짐짓 모른 체하며 바라봤다. 보일러실에서 위채로 옮겨간 것을 보고는 새끼들이 있었던 자리에 가 보니 한 마리가 죽어있었다. 나는 양지바른 곳에 구덩이를 파고 새끼 고양이를 묻어주었다.

어느 날 밤에 새끼 고양이 우는 소리가 들리는 듯했는데 알고 보니 예전에 어미 이쁜이가 새끼들과 숨어 지내던 사리탑 근처 돌무더기 틈으로 새끼들의 자리를 옮겼다. 이미 날은 겨울로 접어들었는데 추위를 어찌 견디려고 그러는지. 나는 이쁜이가 하는 일이 마음에 들지 않았다. 그러다 다시 위채의 보일러실로 자리를 옮긴 것을 알았다. 그런데 새끼가 한 마리뿐이었다. 분명히 돌 틈에서 죽이고 말았으리라. 마지막 남은 새끼는 그사이에 조금 자라서 내가 가만히 문을 열어보면 보일러통 뒤로 피하기도 했다. 나는 어떻게든 겨울을 잘 나기를 바라면서 먹을 것을 빠뜨리지 않고 챙겨주었는데 어느 날부터 이쁜이가 아래채로 내려와 냥이와 지내는 시간이 많았고, 하루에도 몇 번이고 위채의 뒷마루와 돌무더기 근처를 배회하며 울어댔다. 야지의 고양이가 울고 다니면 그 소리를 듣는 입장에서 맘이 편할 리 없다. 이쁜이의 행동이 이상하다 싶어서 보일러실을 열어보니 마지막 남은 새끼 고양이가 죽어있었다.

죽은 어린 고양이는 털만 잡혔지 무게는 빈 뜰에 내려앉은 햇살처럼 가볍고 투명했다. 자유로운 영혼은 휘발성이 강하여 죽음 후에 찌꺼기가 남지 않는다. 죽은 새끼 고양이를 들어 올리자 이미 혼이 빠져나간 터라서 무게가 느껴지지 않았다. 첫 고양이가 묻힌 자리 옆에 다시 구덩이를 팠다. 한겨울에도 춥지 않도록 낙엽을 구덩이 밑에 두툼히 넣고 고양이 몸을 가지런히 펴서 눕힌 다음에 다시 낙엽으로 두툼하게 덮어주고 파냈던 흙을 다시 밀어 넣어 봉긋하게 만드는 것으로 마무리했다.

"꼬맹이, 보고 싶을 거야!"

흙을 파고 묻는 동안 반야심경을 외우면서, 다음에 다시 태어나거든 건강하게 오래 살기를 바라며 마지막 인사를 했다. 위채의 뒤 기슭에는 만리향 네 그루가 있어서 늦가을이면 고혹한 향기를 내뿜는다. 한밤중에 마당에 있어도 느껴질 정도로 예리하게 멀리까지 퍼지는 아름다운 향기를 가진 나무 옆에 묻었으니 어린 고양이의 영혼도 그처럼 가볍게 훨훨 날아오르기를 빌었다. 세상 경험을 많이 쌓은 사람들의 이야기를 듣다 보면 인생에서 정말 견디기 어려운 것은 나쁜 날씨의 연속이 아니라 오히려 구름 없는 날씨의 연속이라는 것을 이해하게 된다. 삶의 불편한 굴곡은 우리에게 교훈을 준다. 아무도 늘 현명하지 않다고 한 라틴의 격언처럼 누구나 잘못과 실수를 한다. 자기반성은 지혜의 학교라고 했다. 좌절하지 않고 다시 시작하는 용기는 그래서 값지다.

이쁜이의 슬픔은 그리 오래가지 않았다. 자신이 끌고 다니다가 한 달 사이에 세 마리를 잃었으나 누굴 탓할 수도 없다. 새끼를 잃은 기억이 희미해져 가는 만큼 이쁜이 얼굴도 밝아지기 시작했다. 개든 고양이든 그들의 얼굴이 아무리 털로 덮여있다 해도 주인에게는 그 표정이 읽힌다. 동물을 사랑하는 사람은 동물을 읽고 화초를 가꾸는 사람은 화초를 읽는다. 만물의 속은 어차피 겉으로 드러난다. 마음이 즐거우면 웃음은 터져 나온다. 그런데 새끼를 잃고 한 두 달이 지났을까? 이쁜이의 배가 다시 불어나기 시작했다. 처음엔 뭘 많이 먹어서 그런가 했는데 며칠을 관찰해보니 그게 아니었다.

"너 큰일이다, 큰일이야."

4월의 남도는 길 어디에서건 벚꽃을 만날 수 있다. 언제 그렇게 가꾼 것인지 몰라도 큰길 작은 길 할 것 없이 파도에 떠밀리듯 지대가 낮은 따뜻한 곳부터 하얀 꽃구름이 번져가며 봄날의 장관을 이룬다. 하루는 온천을 다녀오는 길에 낙안읍성 둘레의 꽃들을 보면서 행복한 마음으로 돌아오니 냥이와 이쁜이가 방까지 따라와서 뒹굴었다. 그리고는 밤새 아무 기척이 없더니 다음 날 점심에 이쁜이를 보니 배가 홀쭉했고 엉덩이 주위가 빨갛게 핏물이 배어 있었다.

자기반성은

지혜의 학교라고 했다.

좌절하지 않고

다시 시작하는 용기는

그래서 값지다.

경이로움으로 세상을 바라보면

자연은 야성적이다. 쉽게 길들여지지 않는다. 자신의 방식대로 살아가려는 강건함을 이해하지 못하면 자연 속에 녹아들기 어렵다. 산중의 일상으로만 보면 반항은 쓸데없는 일이다. 살려면 받아들여야 한다. 어쩌면 이것이 자연 속 삶의 유일한 미덕인지도 모른다. 이쁜이는 처음 낳은 새끼 세 마리를 모두 잃어서인지 어딘지 쓸쓸한 그늘이 있었다. 나는 이쁜이가 슬픔을 잘 이겨내고 다시 발랄하게 지내기를 바랐다.

그렇게 남은 겨울을 보내고 봄을 맞았다. 냥이는 나와 지낸 지도 벌써 여러 해가 되어가기 때문에 같이 있어도 별다른 불편함을 느끼지 못한다. 그러나 이쁜이에겐 변화가 생긴다. 내가 지켜본 바로는 생후 6개월 정도만 지나면 암고양이는 새끼를 갖는 게 가능했다. 봄과 가을에 낳는 것이 가장 좋겠지만 꼭 그런 것도 아니었다. 수선화가 피었다 지고 이어서 목련이 피고 졌다. 4월의 중순에 이쁜이가 다시 새끼를 낳았다. 배가 점점 볼록해져서 또 새끼를 낳겠다 싶어 보일러실의 박스를 깨끗이 손질하고, 바닥에 헌 옷가지를 펼쳐 푹신하게 만들어서 물탱크 안쪽의 어두운 곳에 놓아둔 터였다. 이쁜이가 그 박스 안에 새끼를 낳았다.

다른 동물도 그런지 모르겠지만 이쁜이는 밥을 먹을 때 외에는 항상 박스 안에서 새끼를 품었다. 인디언들의 이야기에 따르면 초경을 할 때, 결혼을 앞에 두었을 때, 그리고 아이를 낳을 때면 마을에서 떨어진 움막에서 일주일을 홀로 보내도록 하는 관습이 전해진다. 여성으로서 삶을 산다는 것, 가정을 갖는다는 것, 그리고 우주의 어머니가 됨을 느끼고 깨달으라는 의미다. 엄마가 아기를 키우며 경험하는 감정을 남자들이 얼마나 이해할 수 있을지 모르겠다. 더욱이 산중에 살아가는 나로서는 인간사야말로 책을 통해 이해하는 정도에 지나지 않는다. 그래서 이 조그만 녀석을 지켜보는 것만으로도 한 생명이 살아가는 과정을 알아간다는 사실이 신비롭게 다가왔다.

고대 그리스에서 정의하는 철학은 '놀라움' 또는 '경이로움'에서 시작된다. 이 세계는 경이로움으로 가득 차 있고 남다른 능력을 갖춘 사람은 놀라운 존재로 인식되었다. 사물을 이해하는 첩경은 존중의 마음을 갖느냐의 여부에서 달라진다. 행복을 추구하는 사람은 행복을 놓친다. 그러나 진리를 추구하는 사람들은 어김없이 행복을 발견한다. 이것이 행복의 역설인데 진리를 추구하는 마음에 행복이 따라온다. 가장 본질의 자리, 그 내면은 활기차고 놀라운 것이다. 인간에게는 마음자리가 바로 그렇다. 진리를 보는 순수한 마음이 없으면 삶의 본질을 보지 못한다. 그래서 순수하게 보면 이해하기 쉽다. 나에게 냥이와 이쁜이는 모든 것이 신비로웠다. 한 공간에서 더불어 살아가지만 결코 손에 들어오지 않는 야지의 이쁜이는 모든 것이 조심스럽다. 이 녀석은 새끼를 가질 때가 되면 목이 쉬도

록 울며 짝을 찾는다. 일주일 정도 밤낮을 가리지 않고 귀가 따
갑도록 울고 다닌다. 세상에 어느 동물이 '내 몸은 이런 상태예
요' 하며 동네방네 소리 지르고 다니겠는가. 부끄러움이 대순
가. 나는 고양이를 보면 용감한 동물이라고 항상 생각한다.

이쁜이는 새끼 곁을 거의 떠나지 않았다. 처음 낳은 세
마리가 모두 죽었으니 이번만은 같은 실수를 반복하지 않겠다
는 심산이었는지 모르겠으나 아무튼 지극정성으로 새끼들을
돌봤다. 새끼들 먹이려면 젖이 잘 나와야 할 것 같아서 통조림
에 간식에 이것저것 챙겨주었다. 그러다 문득 냥이가 서운해하
는 건 아닌지 미안한 마음이 생겼지만 평소 냥이는 습식 간식
을 잘 먹지 않으니 다행이라 여겼다. 하루는 이쁜이가 자리를
비운 틈을 타 가만히 들여다봤다. 새끼는 두 마리이고, 아직 털
도 나지 않은 붉은 살덩이 자체였다. 둘은 포개져 있었다. 배가
부풀었다 꺼졌다 하면서 가늘게 움직였다. 그렇게 조심스레 숨
죽인 하루하루가 지나면서 털이 조금씩 몸에 돋아났다. 몰래
들여다보면 박스 속에서 꿈틀거리며 몸을 이리저리 움직였다.

한 달이 채 지나기 전에 이쁜이는 새끼들을 위채의 보일
러실로 옮겼다. 이제 쉽게 죽지는 않는다. 새끼들은 서서히 커
가면서 뒤뜰로 나오기도 하고 마루 밑에서 보일러 배관 파이
프를 따라 걸어 다녔다. 그러다가 인기척이라도 느껴지면 빠르
게 몸을 숨겼다. 내가 새끼들에게 관심을 보이면 새끼들을 보

호하기 위해 이리저리 자리를 옮긴다는 것을 알았고, 그러다 또 죽일 수도 있어서 위협이 되지 않도록 멀리서 바라보기만 했다. 그러다 하루는 새끼 한 마리가 보일러실의 외벽으로 고개를 슬쩍 내밀다가 처음으로 눈이 마주쳤다.

"꼬맹이, 반가워."

한 생명과의 첫 조우. 나는 그렇게 인사를 하며 웃었다. 내가 완전 친정 엄마라니까요! 이쁜이의 수발을 드는 심정을 그렇게 비유를 들어 말하기도 했다. 새끼 고양이는 세상에 태어나 사람을 처음 보는 것이다. 생각이 여기에 미치자 스스로가 무척이나 신선하게 느껴졌다. 그리고 무럭무럭 잘 자라기를 바랐다. 그 무렵에 적어둔 노트를 찾으니 이렇게 쓰여 있었다.

고양이는 사람 같다. 어쩌면 사람보다 더 진한 감정을 남긴다. 사람과 차이가 없다. 정원을 가꾸건 자연을 돌보건 사람이 주는 교훈을 조약돌 같은 이 조그만 동물도 준다. 사물을 통한 감정의 훈육은 나 자신에게 있다. 어떤 대상 어떤 조건을 통해 나의 내면이 드러난다. 따라서 외물은 나의 내면에 비치는 거울과 같아 내가 나를 만나는 비밀의 공간을 연다. 사랑스럽지 않은가. 당연히 사랑스럽고 고마워야 한다. 다리에 힘이 올랐는지 오늘은 뒤뜰

에 내려선 새끼들을 마주쳤다. 안녕, 우리 더 자주
보게 될 거야, 했다.

위채 뒷마당의 텃밭은 담요 한 장 크기이지만 상추 같은 여름
채소를 심으면 가을이 올 때까지 좋은 찬거리를 얻을 수 있다.
내게는 먹거리 공간이지만 이 녀석들은 밭의 부드러운 흙을 파
서 볼일을 본다. 이제는 새끼들이 자라는 과정을 하나의 패턴
처럼 꿰고 있어서 그도 한 단계임을 모르지 않는다. 뜰에 내려
오기 시작하는 다음 단계에서는 아래채의 내 방 앞까지 와서
먹을 것을 달라고 소리를 지르고 계단을 뛰어다닌다. 생후 두
달에서 석 달이 넘어가는 이 시기가 장난도 심하고 울 때도 큰
소리를 낸다. 모든 생명은 숨이 터져야 생장을 한다. 나는 새끼
고양이가 목 놓아 소리 지르며 우는 게 꼭 어미를 찾는 것만은
아니어서 자신의 목소리가 얼마나 큰지 스스로 확인하고 놀라
기도 하면서 커간다고 느꼈다. 아기들도 뭔가 원하는 게 있으
면 운다. 크게 아주 크게 울수록 누군가 도움을 준다는 것을
알아간다. 나는 장미정원에서도 그렇지만 고양이 새끼들의 성
장을 보면서 '숨'의 의미를 깨달았다. 숨은 우주의 시작이자 생
명이고 그것의 멈춤은 암흑과 죽음이다. 몸과 마음을 수련하
는 첫 시작은 숨(호흡)을 느끼는 것에서 시작된다. 눈을 감고 숨
을 깊게 들이마시고 잠시 머물렀다 서서히 내쉬면 된다. 그 숨

결 속에 내가 존재하고 나의 생명이 있다.

올여름은 비가 잦아 어디서부터가 장마의 시작인지 단정 지어 말하기도 어렵다. 태풍 피해가 많은 건 아니었지만 일기예보에 태풍이 올라온다는 소리가 자주 들렸다. 세찬 비바람이 몰아치던 어느 하루는 이쁜이가 담장 아래를 떠나지 않고 울어댔다. 그리고 간헐적으로 새끼 고양이 울음소리가 가까이 들리는데 무슨 일인가 싶어 나가보면 울음소리가 그쳐서 찾을 수 없고 방에 들어오면 다시 울어대기를 오후 내내 반복하는 일이 있었다. 저녁 무렵에 비가 잠깐 소강상태를 보이는 틈을 타서 울음소리가 나는 곳을 살펴보니 담장 바깥의 중간 턱에 새끼 고양이가 쪼그리고 있는 것이 보였다. 이쁜이는 비를 맞으며 아래에서 올려다보며 울고 있었다. 담에는 담쟁이덩굴이 무성하게 자라고 있어서 설핏 봐서는 눈에 띄지 않을 만했다. 나는 사다리를 가지고 입구 쪽으로 내려가 담장 아래를 돌아 새끼 고양이가 있는 지점에 사다리를 받쳤다. 비가 다시 쏟아지기 시작했지만 우산을 쓰고 사다리를 오르기도 위험해서 비를 맞으며 구조에 정신을 집중했다. 3미터 정도의 높은 지점이었다. 어떻게 여기에 있게 된 일인지 이해되지 않았다. 새끼 고양이는 오후 내내 그곳에 있었던 거다. 그나마 덩굴 잎이 빗물을 가려서인지 흙담 안쪽은 그다지 젖어있지 않았다. 새끼 고양이를 조심스레 집어 들었더니 비에 젖은 털이 몸에 바짝 붙은 상태였고 무게가 느껴지지 않을 만큼 작았다. 그래도 살아있다는 듯이 몸부림을 쳐서 얼른 땅에 내려놓았더니 탑전 기슭 쪽으로 쏜살같이 뛰어가고 그 뒤를 이쁜이가 쫓았다.

이쁜이는 위채가 아니라 산기슭으로 새끼를 찾아 올라갔다. 빗줄기는 더욱 굵어지고 숲의 나무들이 휠 정도로 바람이 거세게 불었다. 나는 비를 맞아 흠뻑 젖은 상태였다. 그래도 고양이가 걱정되어 마당으로 올라와 위채의 뒤뜰에서 숲을 살폈다. 이쁜이가 울고 숲에서는 새끼 고양이가 울었다. 그리고 처마 끝에서 다른 새끼 고양이가 무슨 일인가 싶어서 또 큰 소리로 울었다. 새끼의 울음소리가 비바람에 묻혀 소리 나는 방향을 구분하기 어려웠던지 이쁜이는 얼른 찾아내지 못했다. 비맞은 몸이 차가워서 옷을 갈아입기 위해 방에 들어오니 냥이는 이 소란을 아는지 모르는지 졸린 눈으로 간식 통 앞에 쪼그리고 앉아 연신 하품을 하면서 나를 올려다보았다.

'냥이들은 인정머리가 없다니까.'

냥이에게 간식을 주고 다시 나와 우산을 받쳐 들고서 위채의 뒤로 돌아갔다. 여전히 세찬 비바람 속에 이쁜이도 새끼들도 보이지 않았다. 걱정스럽게 숲을 바라보다 내려와 저녁 공양을 하고 나니 여름인데도 어둠이 일찍 내려앉았다. 랜턴을 들고 다시 올라갔더니 이쁜이가 새끼들과 처마에서 웅크리고 있었다. 나는 평소보다 곱절의 통조림과 간식을 통에 담아주었다. 몸이라도 말려주면 좋은데 야지의 고양이에게는 불가능한 일이다. 비가 빨리 그쳐서 밝은 햇살이 들기를 바랐다. 장미정원의 파초와 장미에게 그랬듯이 새끼 고양이에게도 '네가 가진 힘으로 이겨내야 한단다' 하고 되뇌며 뜨거운 응원을 보냈다.

사물을 이해하는

첩경은 존중의

마음을 갖느냐의

여부에서 달라진다.

모든 시작은 끝을 내포한다

자연은 말수가 적다.

회오리바람도 아침 내내 불지는 않고

소낙비도 온종일 내리지는 않는다.

누가 이런 일을 하는가.

천지다.

천지라도 이런 일을 오래 할 수가 없는데

하물며 사람의 일이겠는가.

_《도덕경》 23장

이쁜이와 새끼들의 소란을 아는지 모르는지 비바람은 거의 자정에 이르러서야 멈췄다. 소란이 사라진 숲은 적막했다. 나는 보던 책을 미뤄 두고 랜턴을 들고서 위채의 뒤쪽으로 돌아가 보았다. 처마 밑의 댓돌까지 빗물이 들이쳐 있었고, 마루 밑으로 끌어놓은 사료 그릇에 흥건히 고인 물로 인해 사료는 퉁퉁 불어있었다. 이쁜이도 새끼들도 보이지 않았다. 랜턴 불빛을 숲 쪽으로 비춰 봤지만 밤 깊은 시간까지 거친 비바람이 훑고 간 숲에서 뭘 찾아내기는 어려웠다. 어쩌면 보일러실에 있을지도 모른다. 나는 사료를 새것으로 바꾸고 간식과 함께 마루 위의 안쪽 구석에 놓아두고 내려왔다.

이튿날은 새벽부터 다시 새들이 숲을 날아다니며 경쾌하게 아침을 열었다. 냥이도 이런 맑은 날씨를 좋아해서 일찍 일어나 있었다. 눈곱을 떼고 귓속을 닦아준 후에 먹을 것을 담아주었다. 아침을 하고 산행을 나서면서 이쁜이를 찾아보니 처마 아래의 아침햇살이 드는 양명한 곳에서 새끼들의 얼굴과 등을 혀로 쓸어주고 있었다. 숲으로 뛰어 들어가서 어미를 애타게 했던 새끼 고양이의 털은 눈부실 정도로 뽀송뽀송하게 윤기가 흘렀다. 그리고 말짱했다. 진실로 고마웠다.

"녀석, 다행이야."

겁쟁이 녀석. 그 빗속에서 아이를 찾아온 이쁜이, 생전 처음 사람의 손에 잡힌 꼴이니 많이 놀라기도 했을 녀석, 그리고 그 둘을 애타게 지켜보던 나머지 녀석까지, 이 세 식구가 대견하고 기특한 마음이 들었다. 그래서 통조림도 평소의 배가 되도록 듬뿍 쌓고 사료 그릇도 뒤뜰의 수로에 흘러넘치는 물로 깨끗이 씻은 후에 물기를 털고 사료를 새것으로 부어주었다. 배가 고팠는지 내가 지켜보는 것은 아랑곳하지 않고 부지런히 먹었다.

"꼬맹이, 체하겠어!"

다행이군. 아주 잘 됐어. 한 사흘 지속되던 빗줄기가 그친 후에 드는 햇살은 눅눅한 숲을 단숨에 말리겠다는 듯이 풀과 나무 사이사이까지 쨍쨍하게 내리꽂혔다. 산길은 누가 일부러 흩어놓기라도 한 것처럼 나뭇잎이 떨어져 있었고 계곡은 불어난 물이 쏟아져 내려가며 굉음을 냈다. 벌써 여름 같은 화창한 날씨를 품으며 산행을 하는 일만으로도 즐거운데 밤새 가슴 졸였던 이쁜이 가족의 무사함이 무척이나 마음을 들뜨게 했다. 이쁜이의 새끼 두 마리는 잘 자랐다. 낮에는 사람들 눈을 피해 멀리 돌아다녔지만, 밤에는 여기저기 계단을 뛰어다니기도 하고 큰스님 사리탑을 캣타워 삼아 지치는 기색 없이 뛰어놀았다.

지난겨울, 20여 년간 짐을 놓고 지냈던 방을 벗어나 남향의 양명한 빛이 드는 창이 있는 방으로 옮겼다. 예전의 방은 책과 여타의 짐이 남아있을 뿐이라서 방문을 완전히 닫아놓지 않았더니 냥이와 이쁜이가 맘대로 드나들었다. 그 방에는 몇만 원 정도면 살 수 있는 홈캠이 있다. 우연한 기회에 알게 되었는데 설치하고 보니 유용했다. 특히 산중의 암자에서는 화재나 방범을 위해서도 좋았다. 스마트폰과 연동이 되기 때문에 언제 어디서든 방과 도량을 살펴볼 수 있다. 솔직히 처음 설치할 때는 방을 지키는 용도보다는 내가 멀리 출타하여 자리를 비울 때 냥이가 어떻게 지내는지 관찰하고 싶다는 다소 장난기 어린 생각이 더 컸다. 불과 두 달 사이에 새끼들이 제법 자라서 계단을 뛰어오를 정도가 되었고 방에도 들락거렸다. 그리고 두어 번 잠도 잤다. 야지의 고양이는 성격에 따라서 사람에게 가까이 다가오기도 하지만 그도 어느 한도에서 멈춘다. 나는 이쁜이의 새끼들이 그래도 세상에 태어나 (호모사피엔스의)

방에서 하루 머물러본 인연을 심은 것으로도 거룩하게 여겼다. 교설에서는 '인은 과를 맺으려는 성질이 있다'라고 한다. 일의 시작, 어떤 동기가 부여되면 사람도 노력하겠지만 일 자체도 결말을 보기 위해 굴러간다는 게 인과의 진리다. 그래서 뭐든 일단 시작하는 결단이 중요하다. 계획은 시작하면서 다듬어도 된다. 동서양의 속담과 격언을 봐도 좋은 시작이 좋은 결말의 대부분이라고 하는 믿음이 존재해왔다. 인간사회는 그런 믿음이 있다.

　　반짝이는 번개 속에서 글을 읽더라도
　　읽는 값을 치러야 한다.

책을 사랑하는 나는 이 말이 좋다. 누구나 자신이 터득한 삶의 지혜는 다음 사람에게 전해야 하는 것이 인간의 책무이고 본성에 부합하는 일이다. 자신이 아는 것을 홀로 속으로 삭이며 마쳐야 하는 삶만큼 비참한 일도 없다. 그래서 은일하는 지식인의 비애는 통절한 무엇이 있다. 모든 생명의 윤회를 믿는 나는 이 고양이에게도 태어나는 세상마다 더 향상된 영혼이기를 바라는 기도가 있다. 이쁜이 가족과의 인연이 얼마나 오래 지속될지는 알 수 없는 일이지만 가능하면 이들의 일에 개입하지 않겠다는 다짐을 일찍이 한 터다.

새끼들이 자랄수록 마음속에 비례하여 커지는 슬픔은 이별에 대한 감성이다. 고양이에 대해 아직 아는 바가 많지 않은 나는 이곳에서의 경험을 통해 그들의 속성을 이해하려 하지만 그게 얼마나 실제적일지는 모른다. 내가 이해하는 야지의 고양이는 새끼를 낳으면 적어도 두세 달이 지나는 정도에서 새끼들이 자라도록 자리를 비켜주고 어미가 떠났다. 이런 학습효과 때문인지 이쁜이가 새끼를 가지면 당장 새끼가 잘 자라길 바라는 마음 한편에 이쁜이와의 이별이 더 깊게 가슴을 파고들었다. 누가 남고 누가 떠나느냐에 따라 감정은 달라진다.

지금도 기억하는 날짜인 7월 14일에 일이 벌어졌다. 7월은 코로나19 바이러스로 산중까지 참배객이 급감했고 비도 자주 내렸다. 바이러스가 가져온 갑갑증에 습기가 누르는 여름의 우울은 어디든 넘쳐났다. 하지만 나의 때 이른 여름의 우울은 이쁜이가 가져왔다. 태풍의 절정에서 어떤 것은 골짜기를 타고 오르고, 어떤 것은 산마루부터 아래로 쏟아지는 비바람 세찬 오후였다. 그날 낮까지만 해도 이쁜이 새끼들이 뜰을 뛰어다니며 노는 것이 보였다. 그런데 이쁜이가 빗속을 이리저리 다니며 새끼들을 찾아 울어댔다. 여러 해 고양이를 관찰한 공덕으로 그들의 울음소리를 들으면 무슨 뜻인지 대충 알아들을 수 있다. 간식을 달라고 할 때는 대단히 애교스럽다. 새끼들을 찾을 때는 굵고 다급하고 큰 소리를 낸다. 어린 새끼들이야 어디

숨으면 찾기가 어렵지만 이쁜이가 울고 다니는 게 여간 심란
하지 않았다. 생각해보라. 여름의 폭풍우가 몰아치는 인적없
는 산중에 고양이 한 마리가 울고 다니는 광경이라니. 나도 덩
달아 안절부절못하며 빗속을 뛰어다니는 이쁜이를 근심스럽
게 바라봤다. 냥이는 같은 고양이고 같이 지낸 지 거의 두 해가
된 사이이지만 그 또한 할 수 있는 일은 제한적이다. 하지만 냥
이의 표정과 눈빛에서 편치 않은 속내가 여실히 읽혔다. 나는
이쁜이가 오가는 방향을 따라 랜턴을 비추었고 냥이도 내 곁
을 떠나지 않았다. 냥이는 말이 없었다. 그래도 발밑에서 걱정
스럽게 이쁜이를 함께 보고 있다는 것이 눈에 들어왔다. 난 바
닥에 랜턴을 내려놓고는 냥이의 귀와 눈자위를 쓸어주며 슬픈
눈으로 말했다.

　　"냥이, 이쁜이가 걱정스럽네."

반짝이는 번개 속에서

글을 읽더라고

읽는 값을 치러야 한다.

책을 사랑하는

나는 이 말이 좋다.

바다 같은 마음에도 이별을 담기엔 벅차다

이쁜이 새끼들은 돌아오지 않았다. 새벽 무렵, 잠결에 이쁜이의 울음소리가 들렸다. 난 자리에서 바로 일어나 랜턴을 들고 나가봤다. 비는 여전히 줄지 않고 내리고 있었다. 소리는 담장 아래 차고에서 들렸다. 입구를 돌아 비춰보니 내 차 밑에서 이쁜이가 웅크리고 있었다.

"왜 그러고 있어. 얼른 와."

이쁜이는 나를 보자 따라 나왔다. 어느 틈에 냥이도 내려와 있었고, 냥이를 보자 더 빠른 걸음으로 따라붙었다. 온종일 아무것도 먹지 않았을 거야. 통조림에 사료를 버무려줬더니 한참을 쉬지 않고 먹었다. 새끼들을 찾아 큰절이며 사하촌 내려가는 길까지 가보지 않았을까. 그 녀석들이 아직 어려서 어미가 부르는 소리를 들으면 만날 수 있었을 텐데 허사였던가 보다. 그날의 노트엔 이렇게 적혀있었다.

누구의 용기일까.

어미가 보냈을까.

새끼들이 떠났을까.

이 비를 뚫고 어디로 떠났다는 것인지.

산행길에 비를 뒤집어쓴 여파가 아니라도

몸살이 나겠네.

호랑이는 바람을 부르고 용은 안개를 일으킨다는 말이 있다. 호랑이도 고양이과에 속하는 동물이고 보면 이 동물은 본능적으로 바람에 반응하는지도 모른다. 그래, 바람이 데려갔구나. 그리고 바람을 타고 가면 감쪽같이 이동할 수 있고 빗속에 떠나면 자신이 머물렀던 공간에 남아있는 냄새도 씻겨 갈 터. 기억도 사라지겠지.

다음 날 차고 쪽에서 이쁜이의 울음소리가 들렸다. 소리가 나는 곳을 향해 고개를 돌렸더니 어떻게 올라갔는지 차고의 천장 아래 지붕을 가로질러 받치고 있는 나무의 넓은 면에 쪼그리고 있었다. 그리고 밤이 되도록 그곳에서 내려오지 않았다. 하루 이틀 시간이 흐르면서 이쁜이는 점차 슬픔에서 벗어나는 듯했다. 그러다가도 멍한 얼굴로 숲을 망연히 바라보기도 하고, 새끼들이 놀던 보일러실이나 돌무더기 틈을 서성이며 한 번 울음이 터졌다 싶으면 좀처럼 그치지 않고 큰 소리로 울었다. 살아있기만 하면 어디에서건 한 번이라도 마주칠 만도 한데 그날 이후로는 새끼들을 다시 볼 수 없었다. 지금에 와서 생각해봐도 이쁜이의 새끼 고양이 두 마리가 세찬 비바람 속에 증발하듯 사라진 일은 미스터리하다.

동물은 인간과 비교하여 감정의 방식이나 깊이, 그 어떤 기억도 같을 수 없다. 보이지 않으면 망각된다는 말은 이쁜이에게도 예외는 아니었다. 어떤 면에서는 새끼들이 떠나고 이쁜이가 남았으니 만사 일득일실이라 생각하면 너그럽게 받아들일 수 있는 정도의 아픔이었다. 그러면서 어쩌면 겨울 추위가 다가서기 전에 한 번 더 새끼를 가질 수도 있겠다고 생각하며 냥이, 이쁜이, 우리 셋은 여름을 나고 있었다. 그런데 이게 또 무슨 일이람. 이쁜이의 배가 다시 불러오기 시작했다. 고양이의 가임 주기를 알지 못하는 나는 탑전에서의 경험으로 감을 잡는다. 새끼를 낳은 지 한 달 정도 지났을 때 이쁜이가 짝을 찾으며 울고 다녀서 왜 저러나 했는데 그때 새끼를 가진 것이 분명했다. 그리고 8월 중순에 새끼를 낳았다.

"냥이, 이쁜이가 또 새끼를 낳았어. 내가 살 수가 없다."

냥이에게 푸념을 하고는 다시 이쁜이를 돌봤다. 이번에도 두 마리. 보통의 고양이들은 네다섯 마리 정도는 쉽게 낳는다. 하지만 우리 이쁜이는 몸이 부실한 탓인지 매번 적게 낳았다. 겨울의 초입에 낳았던 첫 새끼들을 모두 죽이고 말았는데 한여름의 더위에 어떻게 길러낼지 미덥지가 않았다. 처음에는 보일러실의 박스에 있었는데 보름이 지나 물탱크와 창틀 사이의 좁은 공간으로 새끼들을 옮겼다. 가만히 창문을 열어 살펴보니 심야 전기로 물을 데우는 물탱크의 열기가 후끈했다. 산중은 한여름이면 숲의 습기 때문에 전혀 시원하지 않다. 걱정스러웠다. 이쁜이가 냥이와 노는 틈에 창문을 열어 새끼들을 봤더니 태어난 지 보름이 지난 시점인데도 털이 자라지 않고 있었다. 혹시 죽은 것은 아닌지 가만히 손가락을 대보니 배가 간헐적으로 불룩거리며 숨을 쉬기는 했다. 저 희미한 숨으로 살기나 할까. 확신이 없었다. 열기라도 식혀볼 요량으로 바람 구멍을 더 크게 만들 궁리를 하던 차에 이쁜이가 새끼들을 위채의 보일러실로 옮겼다.

새끼에 대한 이쁜이의 집념은 대단해 보였다. 이번에는 사료와 통조림을 먹고 간혹 간식을 찾아 내려오는 시간 외에는 자리를 비우지 않았다. 밤낮으로 젖을 물리고 있을 텐데 젖이나 제대로 나오는지 미심쩍었다. 뒤뜰을 볼 때마다 어미 고양이가 새끼 고양이와 보내는 시간은 어떻게 흘러가는 것일까, 서로의 체온을 느끼며 보내는 이 긴 시간이 무척이나 궁금하고 또 숭고하게 느껴졌다. 이번 새끼들은 발육이 너무 느렸다. 야지의 고양이는 빨리 자라야 사람의 손을 피할 수 있기 때문에 하루가 다르게 커간다. 그런데 이 녀석들은 한 달이 다 되어가는데도 제대로 걷지도 못하는 듯했다. 그러다 9월 초에 보일러실을 고치기 위해 인부들이 들락거리자 이쁜이는 새끼들을 숲으로 데려갔다. 이틀이나 나타나지 않아 다시 못 보는 줄 알고 걱정하던 차에 다시 새끼들을 데리고 나타났다. 불과 며칠 사이에 녀석들은 조금 더 자라 있었다. 내가 나타나면 뒤뚱거리며 숨기도 하고 날이 좋은 날은 뒤뜰에서 놀기도 했다. 이제 죽지는 않겠지. 그런데 이쁜이가 뜻밖의 행동을 했다. 9월의 중순, 아직 두 달이 채 되지 않은 젖먹이들이 있는데 또 새끼를 가지려고 몸부림을 쳤다. 보통 이런 경우 일주일 정도 지속된다. 냥이는 수고양이지만 수술한 몸으로 이곳에 왔다. 그런데도 이쁜이가 몸부림을 치자 가만있지 못하고 심란한 표정이 역력했다. 이쁜이가 수고양이를 만났는지는 모르겠으나 일주일이 지나자 잦아들었다. 이 기간 이쁜이는 그렇게 꽁꽁 싸매고 애지중지하던 새끼들을 방치하다시피 했다. 보일러실에서 영문도 모르고 새끼들은 어미를 기다렸다.

10월로 접어들면서 새끼들이 뛰어다니기 시작했다. 어미가 없으면 울면서 찾기도 했고 통조림이건 사료건 잘 먹었다. 이쁜이는 새끼들을 데리고 조금씩 위채의 뜰을 벗어나 숲에서 사람을 피해 낮을 보내고서 해가 떨어질 무렵이면 내려와서 이것저것 가리지 않고 잘 먹었다. 그리고 어떤 날은 돌무더기 틈에서 밤을 보내기도 했다. 10월의 중순에 이르자 일몰 시간도 빨라지고 풀잎에 이슬이 맺히기 시작하면서 기온도 서서히 내려갔다. 산중에 밤이슬이 내리기 시작하면 몸이 시린 느낌이 든다. 이런 날씨에 노지에서 밤을 지낸다면 뼈가 녹고 말 것이다. 그만큼 늦가을의 이른 추위는 몸을 사리지 않을 수 없다. 더욱이 새끼들에게는 이슬 서리 내리는 밤이 버겁지 않을까. 따뜻한 방의 안락함을 아는 이쁜이는 당연한 수순처럼 새끼들을 방으로 끌어들였다.

새끼들은 어미를 잘 따랐다. 한밤중에도 이리저리 몰려다니며 놀았다. 어느 날은 자정이 넘는 시간인데 새끼 울음소리가 들렸다. 나는 바로 나가서 랜턴을 비춰보니 무슨 유격 훈련하는 군인도 아닌데 탑전을 가로질러 흐르는 계곡 너머의 가파른 기슭을 오르느라 낙엽을 헤쳐가는 소리가 크게 울렸다. 어미가 이끄는 대로 따라다니는 그 녀석들에게 한밤중의 이동이 내키는 일인지는 알 수 없다. 함께 영원히 살고 싶은 것은 인간이 꿈꾸는 일이기도 하지만 유감스럽게도 그런 세상은 없다. 때가 되면 떠나야 한다. 나는 한밤중의 이쁜이가 새끼들에게 하는 일이 달갑지 않았다. 그렇지만 저것이 이별을 앞둔 어미의 훈육이라면 나무랄 수 없다. 무슨 이유인지, 어디를 간 것인지 몰라도 어떤 날은 하룻밤이 지나서야 나타나기도 했다. 나는 적잖이 심각해졌다. 새끼들이 남을지 이쁜이가 남을지, 다르게 말하면 새끼들이 떠날지 이쁜이가 떠날지 머릿속이 정리되지 않았다. 전의 경우를 봐서는 새끼들이 떠나면 되는데 저녀석들은 그럴 마음이 없어 보였다. 그러면 답은 이미 정해진 바나 다름없다.

바다는 물고기가 자신을 떠나는 것을
허락하지 않습니다.
거꾸로 땅에 사는 동물들은

바다로 들어오지 못하게 합니다.

민감하고 섬세한 물고기들이 노는 그 안으로는.

_ 루미

좀 심하다 싶을 정도로 새끼들을 품고, 두 달이 넘도록 잘 나오지도 않아보이는 젖을 먹이며 야지의 고양이로서는 갖기 어려운 애정을 쏟아붓던 이쁜이는 루미의 시처럼 살았다. 이쁜이의 마음이 바다처럼 넓고 품위 있는 심성을 지녔다 해도 이별은 벅차지 않을까. 사람도 감당하기 어려운 일을, 태어나 탑전을 벗어나 본 적이 없는 이 여린 동물이 안락한 터전을 넘기고 떠나야 한다는 아픔은 이렇게 예견된 일이었다. 그리고 먹구름 뜨자 소나기 쏟아지는 것처럼 너무도 빠른 결말이 왔다.

세상일이 항상 여름일 수만은 없다

서로 알아야 친해진다는 말은 인간사회의 큰 교훈이다. 알기 위해선 무엇보다 인내가 필요하다. 진리는 인내와 시간에 의해 저절로 밝혀진다. 왜 시간이 가면 풀리는가. 시간이 흐르면서 처음에 했던 가정들이 바뀌기 때문이다. 상황이 바뀌면서 문제도 풀린다. 여기서 '원리'라고 하는 철학적 개념을 이해할 수 있다. 원리는 생각의 중요한 도구다. 세계에 원리가 없다면 우리는 아무렇게 살아도 된다. 그런데 원리가 있어서 생각과 행동은 제약을 받는다. 원리는 세계의 법칙이므로 한번 밝혀지면 불변의 지위를 얻는다. 공부하는 사람은 무슨 일이건 원리로서 접근하는 습관을 들이는 게 좋다. 원리규명의 출발은 관찰을 통해 패턴을 발견하는 것이다. 개별적인 사실에서 보편적인 법칙을 끌어내는 사고는 고대 그리스철학의 핵심이기도 하다. 비트겐슈타인은 "문제를 해결하는 힘은 새로운 정보를 얻는 데서 오는 것이 아니라 이미 오래전부터 알고 있던 것을 체계적으로 정리하는 데에서 온다"라고 했다. 나는 언제부턴지 원리를 깨닫고 훈습해가는 과정에서 '패턴'이라는 말을 주목하게 되었다.

고양이와의 관계에서도 알아가기라는 첫걸음을 떼자 이해할 수 있는 게 많아졌다. 인간관계에서 상호존중의 마음이 없으면 상대를 함부로 대하게 된다. 고양이의 마음을 알기 위해 노력해가면서 점차 독 대 독의 동등한 위치에서 관찰하게 되고 일체가 문장이 되었다. 지식만큼 인간을 순결하게 하는 것도 없다. 고양이를 알아간다는 것은 패턴으로서의 관찰과 파악이라는 다소 묵직한 주제로 다가왔다. 더욱이 내가 고양이를 파악하는 그 이상으로 이 조그만 털북숭이 친구도 나를 읽는다. 말을 않고 있을 뿐이지 이 동물들은 바보가 아니다. 극히 예민한 청각과 후각을 동원하면 그들은 어떤 세상에 던져지더라도 거뜬하게 살아갈 수 있다. 우리는 그 무엇도 불편하면 견디기 어려워한다. 불편하게 생각하면 벌써 장애가 생긴다. 개나 고양이가 인간사회에 편입되어 살아가는 자체가 이미 인간이 불편하지 않도록 행동할 수 있다는 뜻이기도 하다. 인간은 불편하면 가차 없이 던져버릴 수 있는 위인이니까!

이쁜이가 새끼를 낳아 기른 지도 석 달이 되어간다. 고양이란 동물은 새끼들을 잘 데리고 다닌다. 소리도 없다. 고양이가 새끼들을 데리고 다닐 수 있는 근거는 오랜 시간 주위의 지형과 오고 가는 사람들의 패턴을 파악해 뒀기 때문이다. 고양이가 어슬렁거리며 돌아다니는 듯이 보이지만 사실은 항상 주위의 변화나 위험을 살피는 것으로 알아도 된다. 그런 어미를 새끼들은 절대적으로 따른다. 가자면 가고 머물자면 머문다. 위험하다 하면 숨고 괜찮다 하면 뛰어논다. 하지만 어미 고양이는 경계를 늦추지 않고 흐뭇하게 새끼들이 놀며 커가는 모습을 그윽이 지켜본다. 그러면서 하늘하늘 꼬리를 흔들며 부드럽게 부는 바람을 만끽한다. 나는 이 심정을 오로지 어미만의 것이라고 생각했다.

고양이는 혹 자리를 옮긴다 해도 사람이 잠든 틈을 이용한다. 흔히 고양이는 유령 같은 구석이 있다고 하는데, 적어도 내가 이해하는 바로는 시선의 차이에서 나온 말이다. 사람은 시선을 정면에서 약간 아래로 향하여 걷는다. 그래서 모든 것을 다 본 듯하지만 실제로는 제한적으로만 본다. 그런데 고양이는 개와 달리 나무나 층계 같은 높은 곳으로 점프가 가능하고 수직 이동이라는 특성이 있다. 사냥을 본능으로 하는 고양이과 동물은 그래서 아무도 눈치채지 못하게 보통의 시야각에서 벗어나 상대를 노린다. 방금까지 있던 냥이가 보이지 않아 '도대체 어디를 간 거야' 하면서 찾아다니면 어느새 머리 위 건물 중간의 난간에서 "야옹" 하며 자신이 위에 있음을 알린다. 냥이는 '어떻게 매번 못 찾을 수 있지?' 하면서 나를 이상하게 생각하는지도 모른다. 내려오라고 손을 흔들어 보이면 하품을 크게 한 번 하고 몸을 앞으로 뒤로 쭉쭉 두어 번 늘인 다음에 뛰어 내려온다. 이 앙큼한 녀석!

세상일이 항상 여름일 수만은 없어서 마음의 시련을 겪는 일은 얼마든지 일어난다. 작금의 심란함은 이쁜이가 안겼다. 누가 남을지 주시했던 일인데, 새끼들이 남고 이쁜이가 떠나는 방향으로 흘러갔다. 삼경 종이 울리는 시점에 어디론가 사라졌다가 이른 아침에 간식을 달라고 찾아오기를 며칠 하더니 이틀씩 보이지 않는 일들이 생겼다. 다가올 때는 1센티미터씩 오던 녀석이 멀어질 때는 한 걸음씩 뚝 뚝 떨어져 갔다. 이쁜이란 이름을 삼대째 쓰기도 혼동스러워 할 수 없이 남겨진 새끼 고양이 중 털이 희끗한 녀석은 밀키, 갈색 무늬로 덮인 녀석은 쵸코로 정했다. 쵸코는 뭐든 먼저 움직이고 적극적이지만 밀키는 조심성이 많아서 항상 늦게 움직였다. 이들은 어미가 더는 방에 오지 않는다는 것을 알았는지 잘 때는 둘이 붙어서 잤다. 쵸코와 밀키가 먹을 때가 되면 냥이가 머무는 뜰로 나와 소리를 냈고, 내가 나가서 먹을 것을 주는 식으로 서로 알아가는 중이다. 그래도 어미가 그리운지 마당과 탑전 전체가 조망되는 곳에서 망연히 앉아있는 시간이 많아졌다.

고양이들이 울기 시작하면 덩달아 나까지 신경이 예민해진다. 예전에 미국 L.A에서 서울로 들어오는 비행기에서 비행시간 내내 울음을 그치지 않던 아기를 달래며 힘들어하던 젊은 엄마를 본 적이 있다. 우는 고양이를 볼 때마다 성가시다. 낮에는 단풍철이라 사람들이 많이 오가기 때문에 어딘가 숨어있어서 찾기 어렵지만 밤이면 멀리에서도 랜턴 불빛에 눈동자가 반사되어 숲에 있어도 알아낼 수 있다. 며칠 전 저녁 무렵에 냥이가 보이지 않아 저녁 산책 겸 계곡을 건너 큰절 쪽으로 랜턴을 비춰 숲을 살피며 돌아오고 있었다. 막 포기하고 랜턴을 거두려는데 건물 뒤쪽으로 고양이 한 마리가 나오는 게 눈에 띄었다. 다시 랜턴을 들어 비추자 뜻밖에도 냥이가 걸어왔다.

"냥이, 거기서 뭐 해?"

냥이는 나를 알아보고는 신이 나서 뛰어왔다.

"이쁜이 찾으러 간 거야?"

"야옹."

나는 그렇게 믿고 싶었다. 냥이는 탑전에서 지내는 게 행복한지 근 몇 달 동안 큰절에 올라간 적이 거의 없었는데 오늘 내 눈에 띄었다. 냥이와 함께 내려오면서 이리저리 주변을 살펴봐도 이쁜이의 종적은 없었다. 그런데 다음날 새벽에 이쁜이가 다시 나타났다. 밖에서 어떻게 머물렀다 온 건지 몰라도 몸 전체에 고단함이 여실히 배어있었다. 뭐라도 먹으면 덜 춥겠지. 통조림과 트릿을 듬뿍 담아주었더니 하나도 남기지 않고 깨끗이 비우고는 또 사라졌다.

나는 나대로 고양이는 고양이대로 피차 낮엔 무엇을 하건 서로 마주치기가 어렵다. 그러다 저녁 공양을 하고 뜰을 거닐다 보면 날이 어둑어둑 저문다. 냥이와 이쁜이는 이 시간에 나와 함께 뜰에 머물기를 좋아한다. 그런데 이쁜이가 올라와서 좀 노는가 싶더니 언덕 위로 올라갔다. 나는 이 녀석이 밤에 어디로 가는지 알 수 있겠다 싶어 멀리서 지켜봤다. 이쁜이는 동백나무가 서 있는 사이를 지나 사리탑 뒤의 숲으로 서서히 사라졌다. 일몰 시간이라 해도 사리탑 주변은 석등이 밝히는 불빛도 있어서 그다지 어두운 상태는 아니다. 그러나 동백나무 뒤쪽으로 이어지는 숲은 이미 짙은 암흑의 세계다. 그 속에서 홀로 어떻게 밤을 보낸다는 건지…. 이쁜이의 속마음을 알 길이 없어 고개만 좌우로 흔들다 절망하듯 내려왔다.

나는 거친 풀밭 속을 다니고 그대는 마을 깊숙이 들어간다는 선종의 법문이 있다. 거친 풀밭은 오염되지 않는 고독한 수행자의 길이다. 반면 마을 깊은 곳은 세속의 중심이다. 삶의 요령이 없으면 살아가기 어렵다. 그래도 누군가는 누군가의 세상에서 살아가야 한다. 이쁜이가 숲으로 사라지는 모습을 끝까지 바라보고 있자니 저 녀석은 본래 없는데 환영으로 만났던 것일까 하는 생각이 들기도 했다. 단풍도 지고 계절이 바뀌고 있는데 장차 어떻게 할 것인지, 이쁜이의 앞날이 근심스럽게 다가왔다.

세상일이 항상

여름일 수만은 없어서

마음의 시련을

겪는 일은 얼마든지

일어난다.

부르긴 쉬우나 보내긴 어렵다

입동을 넘어서자 아침 공기는 한층 더 쌀쌀해졌다. 창문 위 처마 밑에 달린 외등의 자동타이머를 두 눈금 정도 당겨놓은 때가 얼마 되지 않았는데 전구에 불이 들어오기도 전에 어둠이 먼저 깔렸다. 밤이 가장 깊은 동지가 아직도 멀었으니 한 바늘에 15분 하는 눈금을 두 개는 더 밀어 넣을 생각을 했다. 요즘은 서재의 테이블에 앉아 보내는 시간이 많아서 냥이와 이쁜이 가족의 변화를 유심히 살펴본다.

춘풍으로 남을 대하고 추풍으로 나를 대하라는 말이 있다. 춘풍은 훈풍이어서 만물을 소생하고 길러주는 역할을 한다. 반대로 추풍을 만나면 만물은 저문다. 선종에서는 심신탈락, 탈락신심의 경지에 이르러야 한다고 가르친다. 좌선은 부동의 자세 속에서 마음의 가짜를 알아낸다. 진금은 전체가 한 덩어리지만 금박은 떨어져 나간다. 추풍으로 자신을 대한다는 말은 의미가 깊다. 남은 몰라도 자신은 아니까, 혼자라도 얼굴이 붉어지는 부끄러움까지 감춰지지는 않는다. 오래 지켜보면 가짜는 탈락한다. 그래서 인생의 가을을 지나는 사람은 항상 주머니에 거울이 들어있는 것처럼 생각하고 살면 좋다. 가을엔 누구나 어쩌지 못하는 우울이 있다. 그것은 익숙한 것과의 이별이고 그 아픔이다. 하필 이 가을에…. 나는 이쁜이 가족이 보여주는 고양이의 이별법을 알아갔다. 그리고 혼자 글을 썼다.

이쁜이가 점차 새끼들과 거리를 두기 시작하면서 더는

탑전에서 잠을 자지 않았다. 하루가 지나고 나타나기도 했지만 이틀을 보이지 않을 때도 있었다. 이 불규칙한 패턴은 관계의 균열을 의미한다. 그러다 불쑥 나타나서 나를 찾아 운다. 사료를 달라는 것임을 알아채고 내가 급히 나가면 냥이도 뛰어왔다. 내가 먹을 것을 챙기는 동안 이쁜이는 냥이와 얼굴을 부비며 잠깐 알은체를 한다. 나와 냥이는 이쁜이가 먹는 것을 물끄러미 지켜보지만 누구도 말이 없다. 나의 말 없음은 내가 알지만 냥이의 침묵은 결이 다른 무엇이 있다.

"냥이, 이쁜이 왔는데 뭐라고 좀 해보지?"

냥이는 이쁜이가 있는 반대 방향으로 고개를 돌렸다. 그 순간 배를 채운 이쁜이는 쏜살같이 담 너머로 사라졌다. 이것이 바로 관계의 균열을 의미하는 패턴 중 하나다.

이쁜이는 새벽에 오기도 하고 오후에 오기도 하고 밤에 오기도 했다. 몸이 더 커진 듯하지만 털의 윤기는 사라지고 있었다. 어느 숲을 갈고 다니는지 나타날 때마다 몸에 풀씨가 붙어있었다. 예전처럼 조심스레 쓰다듬으며 털을 빗겨주려 하면 사납게 경계심을 드러내서 가까이 다가갈 수 없다. 다시 이틀 동안 이쁜이가 오지 않으니 이대로 영영 멀어지고 말겠다는 생각이 들었다. 밀키와 쵸코는 어미가 있던 방에서 지내기 시작했다. 내가 방에서 나가면 머리를 살짝 내밀며 쳐다보고, 꼬맹이들 밥 먹자, 하면 소리를 내며 뛰어오는 것이 꼭 어미가 하던 그대로다. 그래서 더욱더 애달프다.

이틀 동안이나 소식이 없어 이제 단념해야 하나 싶기도 했다. 그런데 자정이 넘은 시간에 갑자기 밖에서 이쁜이 울음소리가 들렸다. 나를 찾는 거 같아 얼른 나가보니 내 방앞의 뜰로 내려오는 나무 계단 중간에 이쁜이가 서 있었다. 나는 통조림이랑 사료를 그릇에 담아 계단에 놓았고, 이쁜이는 내가 몇 걸음 물러서는 것을 확인한 뒤 그릇 앞으로 다가와 서둘러 먹기 시작했다. 그때 밀키와 쵸코가 통로로 뛰어나왔다. 어미의 울음소리를 들었던 모양이다. 탑전의 아래채는 아래서 보면 이층이고 마당에서 보면 단층이다. 반지하처럼 건물 안쪽으로 통로가 있는 식이어서 마당의 소리가 잘 들리지 않는데 어떻게 들은 건지 밀키와 쵸코가 통로의 문턱을 넘어서며 어미를 향해 야옹야옹 울었다. 그런데 이쁜이는 새끼들이 나오는 것을 보자마자 계단 아래로 뛰어내리더니 방앞을 돌아 건물 앞쪽으로 빠르게 사라져버렸다.

나는 적잖이 당황스러웠다. 밀키와 쵸코는 어미의 빠른 동작을 놓쳐버리고는 계단 끝에서 마당을 향해 고개를 내밀었다. 어미가 지나는지 보려고 고개가 빠지도록 움직이지 않고 울었다. 탑전에는 마당에 하나, 저 멀리 축대 위의 사리탑이 있는 잔디마당에 또 하나의 석등이 있어서 장명등 역할을 한다. 그렇지만 불빛이 있다는 걸 알아챌 정도의 밝기에 지나지 않는다. 이쁜이가 마당을 가로질러 간다고 해도 알아보기 어렵고 더욱이 담장을 넘어 아래 차고 쪽의 삼나무 속으로 빠져나가면 연기처럼 사라지는 것 같다. 나는 서둘러 삼나무 숲과 마당을 랜턴으로 비춰보았지만 숲은 바람 한 줄기 없이 적막했다.

밀키와 쵸코는 좀처럼 울음을 그치지 않았다. 대개 엄마들은 아기가 울거나 잠을 자지 않을 때, 우선 젖병을 물릴 것이다. 그러면 포만감을 느낀 아기는 엄마 품에서 스르르 잠이 든다. 본능적으로 떠오른 생각은 '밀키와 쵸코에게 먹을 것을 줘서 배가 부르면 어미를 잊을 것이고 잠을 재울 수 있겠다'였다. 통조림과 간식을 담아서 밀키와 쵸코가 먹게 하고는 방으로 들어오는데 그때서야 냥이가 하품하며 몸을 일으켰다. 솔직히 이런 상황에서 냥이가 새끼 고양이들을 달랠 수 있으면 좋겠다는 생각도 들었지만 냥이는 이 광경을 바라보기만 했다. 살림하고 아이를 키우는 일에서 남자는 별 도움이 안 되는 듯한데, 그건 냥이와 나에게도 머쓱한 일이었다.

어미와 떨어진 새끼들은 둘이 더욱 붙어 의지하며 지냈다. 밤에 방에 들어가 자는가 싶은데 아침에 살펴보면 어디론가 사라져서 온종일 보이지 않았다. 탑전 구석구석 찾아봐도 허사다. 그러다 늦은 오후면 홀연히 나타나서 먹을 것을 찾았다. 부르긴 쉬우나 보내긴 어렵다는 선종의 법문은 일의 인과관계를 의미한다. 우린 맘에 들면 마음에 받아들인다. 그때는 즐겁고 쉽다. 하지만 일단 초래하고 나면 일이건 사람이건 집착이 생긴다. 그래서 보내기 어렵다는 것이고 종국에는 번뇌의 고통이 따른다.

고양이들은 자라서 독립하기 전까지 붙어 다닌다. 어미가 이끌건 새끼 중의 하나가 앞장서건 일사불란하게 움직인다. 나는 고양이의 이런 면이 참 신기하고 기특하다고 생각한다. 이쁜이가 새끼들을 피해버린 일 이후론 아직 어린 두 녀석을 보면 소년가장 같다는 생각이 들어 마음이 애잔해진다. 사람들이 움직이기 전에 어디론가 이동하여 오후의 늦은 햇살이 한가롭다 싶으면 숲에서 내려온다. 이 정도면 많이 컸다는 뜻이다. 두 녀석이 저희끼리 장난치고 노는 것을 보면 할머니의 손에 자라는 아이 같은 기분도 든다. 이 녀석들은 어미보다 가까이 다가오지는 않겠구나, 그리고 더 자라면 어느 때건 떠나겠구나… 예감했다.

또 그렇게 하루이틀이 지난 저녁이었다. 늦은 오후에 쵸코가 보여서 먹을 것을 줬다. 밀키가 보이지 않아 궁금하던 차에 담장 너머 입구의 계곡 쪽에서 새끼 고양이 우는 소리가 들렸다. 밀키가 분명했다. 소리 나는 곳으로 나가보니 밀키가 계곡 축대가 높아 올라오지 못하고 아래서 쵸코를 부르고 있었다. 나는 밀키를 보고서 축대 낮은 곳을 가리키며 이리 오라며 손을 흔들어 보였다. 그런데 밀키는 계속 울어대고 이제는 쵸코도 뜰에서 소리 내어 울었다. 그러더니 계곡 너머의 숲으로 몸을 숨기면서도 울음을 그치지 않았다. 내가 없으면 나오겠다 싶어서 마당으로 돌아왔다. 그런데 쵸코가 건물을 멀리 돌아 마당을 가로질러 밀키가 우는 곳으로 뛰어갔다. 그렇게 둘이 만나는 것을 보고는 안으로 들어왔다. 이제 의문이 하나 풀렸다. 쵸코가 밀키를 데리고 다녔다. 세탁실의 건조기에 이불 빨래를 넣어 돌려놓고는 녀석들이 없는 틈을 타서 방을 청소했다. 쵸코와 밀키가 아직 어려서인지 털은 별로 빠지지 않는다. 그래도 매일 청소하고 물을 갈아놓는다. 어느 틈에 밀키도 돌아와서 통조림을 먹는 것이 보였다. 항상 앞장서서 돌아다니더니 쵸코가 밀키를 데려온 것이 여간 기특하지 않았다.

이불을 건조기에서 꺼내와 손질하던 중에 다시 이쁜이가 나타났다. 풀씨는 저번보다 더 많이 붙어있었고, 어디 아궁이에 들어갔던지 등줄기에 검댕이 까맣게 그려져 있었다. 그래도 자기가 자란 곳이고 울기만 하면 항상 먹을 것을 챙겨주는 나를 믿는 것이라 고마운 마음보다 아픈 마음이 더 컸다. 이쁜이는 언제나 그렇듯이 냥이와 소리로 인사를 나누고는 사료를 먹기 시작했다. 아직 날이 저물기 전이어서 외등보다도 하늘빛이 더 밝은 시간이었다. 평소보다 일찍 들어온 밀키와 쵸코가 계단 위의 난간 끝에서 어미를 내려다보고 있었다.

가을엔 누구나

어쩌지 못하는 우울이 있다.

그것은 익숙한 것과의

이별이고 그 아픔이다.

살다 보면 돌아가 눕고 싶은 방 한 칸이 생각난다

누구에게나 특별히 좋아하는 꽃이 있다. 줄곧 해바라기를 그린 고흐가 실제로 제일 아끼던 꽃이 해바라기였다. 해바라기를 생각하면 노란색이 떠오른다. 해바라기에게 노랑은 숙명이어서 그 꽃은 오직 이 한 색깔만 몸에 두른다. 이처럼 자연에는 서로가 환하게 빛나도록 독려해주고 부족한 점을 채워주는 색깔이 있다. 화롯가에 앉아 불을 쬐듯 자기가 좋아하는 색과 빛깔에 몸을 맡기면 이들은 점점 나의 일부가 되어간다. 이렇게 하여 내면에 농축된 힘은 아무리 검은 커튼을 둘러쳐도 햇빛이 들어오는 것을 막을 수 없듯이 밖으로 터져 나온다. 이 울림이 한 사람의 안목이고 정신이다. 고흐가 죽기 다섯 달 전에 자신이 그린 해바라기 그림은 '감사할 줄 아는 마음을 상징한다'라고 의미를 부여했다. 비단 꽃뿐이겠는가. 외물은 그렇게 사람의 영혼에 반응하고 울림을 준다. 외물의 생애는 지켜보는 이의 호흡에 영향을 준다. 산이나 바다는 보는 사람도 유장한 호흡으로 보게 만들지만 짧은 주기의 시간을 살아야 하는 것일수록 마음에 생채기를 낸다. 근심 있는 사람은 근심 있는 사람에게 이야기하지 않는 법이다. 근심과 우울은 빠르게 전염되니까. 외물로부터 무언가를 취해 얻은 즐거움 역시 그 끝은 이상하게도 눈물의 터널로 이어지고 만다.

　냥이는 한 달이 흐르고 한 해가 흘러도 특별히 달라질 만한 게 없었다. 앞으로 십 년이 더 지난다 해도 역시 마찬가지

일 것이다. 그러나 이쁜이 앞에 전개되는 시간은 변화무쌍하고 예기치 못하는 방향으로 귀결되었다. 그 이유는 단 하나, 자신이 낳아서 기르는 새끼 고양이의 변화가 불꽃을 일으키는 거였다. 이쁜이가 보여주는 행동은 모성의 발로여서 지켜보고 있으면 속이 절절 끓는다.

　　날이 추웠고 밀키와 쵸코가 평소보다 오후 일찍 들어와 배를 채우고 또 잠시 사라진 사이의 저녁에 이쁜이가 나타났다. 냥이와 인사를 나누고서 계단 중간에서 사료와 트릿을 먹고 있을 때 계단 위의 난간에서 밀키와 쵸코가 어미를 바라보는 것이 눈에 띄었다. 먼저 쵸코가 움직였다. 야옹야옹 울면서 계단을 하나 내려서는 순간이었다. 갑자기 이쁜이가 크응 하면서 날카로운 소리를 내자 쵸코는 내려오려던 발을 잠시 허공에 들고는 어쩔 줄을 몰라 하면서 주저하다가 접근을 멈췄다. 이제는 밀키가 위에서 지켜보더니 가늘게 야옹 하면서도 내려설 엄두를 내지 못하고 있었다. 이쁜이는 배가 고팠는지 새끼들이 다가오지 못하도록 경계를 하면서도 마른 간식을 먹고는 뜰 바닥에 놓인 그릇 안의 통조림까지 먹었다. 이쁜이가 뜰에 내려선 사이에 밀키와 쵸코는 첫 계단에 나란히 서서 어미가 하는 모양을 바라보기만 했다. 냥이는 창문 밑 다탁에 놓인 스크래쳐에 배를 깔고서 이쁜이보다는 새끼들에게 시선을 보내고 있었다.

데자뷰다. 어미 이쁜이는 이쁜이를 탑전에 남겨놓고 떠났고, 이쁜이는 쵸코와 밀키를 탑전에 남겨놓았다. 한참이 지나서 이쁜이는 우연히 어미 이쁜이와 마주쳤지만 서로 알아보지 못했다. 그저 어미 이쁜이가 사료를 먹는 모습을 무심하게 바라만 보았다. 지금은 음식을 먹는 쪽이 이쁜이, 그 모습을 바라보는 쪽이 쵸코와 밀키다. 이쁜이는 자기 새끼인데도 사납게 경계할 뿐 반가운 느낌이 전혀 없다.

통조림까지 다 먹은 이쁜이는 주위를 둘러보더니 새끼들이 나와 있는 계단으로 가지 않고 건물 앞쪽의 어두운 뜰로 재빨리 뛰어갔다. 이 건물은 탑전의 아래채이고, 입구 반대쪽 측면에는 윗면이 편평한 건물이 있는데 콘크리트로 지은 세면장과 세탁실, 그리고 외부에서 온 방문객을 위한 화장실이 있다. 두 건물 사이에 조그만 마당이 있고 이 사이에 놓인 계단이 마당과 위채로 이어진다. 그리고 이 두 건물 앞으로는 축대의 돌담 위에 사람 허리 높이의 담장이 세워져 있고 돌담 끝은 산기슭으로 이어진다. 고양이들은 담장 사이에 구멍이 뚫린 수로로 오가기도 하지만 대부분 기슭을 타고 넘나든다. 그리고 축대 아래에 차고가 있어서 냥이도 놀고 다른 고양이들도 논다. 차고는 삼나무 숲에 터를 잡아 만들어져서 고양이들이 그 속으로 들어가 버리면 연기처럼 증발해버리는 느낌이 든다. 이쁜이가 달아나서 암담했는데 세면장 쪽에서 우는 소리가 났다.

나는 랜턴을 들고 소리가 나는 곳으로 나가 보았다. 이쁜이는 세면장 위에서 아래를 내려다보며 소리를 내고 있었다.

"이쁜이, 왜 그래."

나는 여러 해 고양이와 지내면서 어느 정도는 울음소리로 고양이의 마음을 이해하고 있다. 그런데 이쁜이는 그냥 야옹 하는 것이 아니라 뭔가 말하려는 듯한 소리를 냈다. 그때 건물 끝에서 냥이가 야옹야옹 하면서 뛰어왔고 그 뒤로 밀키가 따라왔다. 밀키는 세면장 위의 어미가 보이는 순간 작고 가는 소리로 연신 울어 대면서도 위로 올라가지는 못하고 있었다. 이쁜이는 계속 울면서 세면장 위를 빙빙 돌았다. 난 큰 소리로 말했다.

"이쁜이, 가지 마."

"야아오오옹."

무슨 말을 하려는 건지 이쁜이의 울음소리는 여전히 생소했다.

"이쁜이, 여기서 살자. 가면 안 돼!"

나는 몇 번이고 말했고 밀키와 냥이도 이쁜이를 향해 소리 높여 울었다. 이쁜이가 잠시 서성이는 듯하였는데 순간 세면장 뒤로 뛰어내리는 소리가 들렸다. 이쁜이가 갈 수 있는 방향은 두 갈래다. 위채의 뒤로 돌아 사리탑으로 가는 방향, 이 니면 담장을 넘어 차고가 있는 삼나무 숲으로 가는 방향. 지금은 담장 끝의 느티나무가 쏟아놓은 마른 낙엽이 수북이 쌓여 있어서 아무리 고양이가 귀신처럼 소리 없이 걷는다고 해도 낙엽을 스치는 소리가 나지 않을 수 없다. 이쁜이가 움직이는지 낙엽 밟는 소리가 들렸다. 그 소리는 담장 아래로 향하고 있었고 랜턴을 비춰보니 이쁜이의 흰 털이 불빛에 반사된 듯 눈에 들어왔다. 냥이는 담장 위로 뛰어올라 축대 아래에 멈춰 서 있는 이쁜이를 바라보았다. 숲으로 갈지 차고 쪽으로 갈지 망설이는 듯하던 이쁜이는 삼나무 속으로 들어갔다. 그리고 몸은 큰절 쪽을 향해 사라졌다. 몇 번 이쁜이의 행동을 겪으면서 몸에 밴 생각은 단 하나 '이쁜이가 또 올까?' 하는 쓸쓸한 질문이었다.

쵸코는 보이지 않았다. 대신 세면장까지 쫓아온 밀키는 뜻밖에 자리를 떠나지 않고 있었다. 가까이 있을 때는 머뭇대며 다가서지 못하더니…. 어미를 찾는 모습이 애잔하다 싶어 바라보는데 잠깐 사이에 밀키가 별거 아니라는 투로 통로의 문턱을 사뿐히 넘어 안으로 사라졌다.

"냥이, 가자."

내가 부르자 냥이가 다시 하품을 크게 한 번 하고는 바닥으로 뛰어내렸다. 냥이와 걸으며 내가 사랑하는 중세 터키의 현자 나스레딘 호자의 이야기가 떠올랐다.

호자가 꿈을 꾸었다.

꿈속에서 사람들이 호자에게 돈 아홉 냥을

주었다.

"이왕이면 한 냥을 더 보태어 열 냥을 주게나."

호자는 이렇게 졸라대다가 꿈에서 깨어났다.

그런데 깨어보니 돈도 없고 돈을 주던

사람들도 없었다.

호자는 다시 눈을 감고 침대에 누우며 중얼거렸다.

"내가 항상 이렇게 구차한 사람이 아니네.

그냥 아홉 냥만 주게."

보통의 사람과 현자의 차이는 사건을 하나의 해프닝으로 받아들이는 능력이다. 현자는 절대 심각하지 않다. 그들이 가진 무기는 농담이다. 보통의 사람은 그 농담에 질식할 수도 있을 만큼 치명적이다. 꿈속에서 이뤄지지 않는 일은 현실에서도 터덕거린다. 좋은 꿈을 꾸도록 해보라. 단 한 냥을 더 가지려는 욕심이 개운하지 않은 맛을 남기고 말았다. 허무해서, 호자는 꿈을 이어보려고 한다. 본래의 아홉 냥이면 된다고 하지만 그 꿈이 다시 이어질지는 미지수다. 이쁜이를 향하는 마음이 꿈에서 꿈을 잇고 싶은 무모한 짓으로 보일지 모른다. 하지만 자신이 태어나 머물던 왕국으로 나를 찾아오는 발길이 끊기지 않는 바에는 마음을 접을 수 없잖은가. 객지를 전전하는 나그네가 꿈꾸는 것은 돌아가 눕고 싶은 따뜻한 방 한 칸이다. 누구에게나 자기가 주인인 유년의 터전이 있으니까. 나는 이쁜이도 자신이 머물렀던 따뜻한 사람의 방을 잊지 못할 것이라고 믿는다. 무엇보다 밀키를 데리고 다니는 쵸코의 씩씩한 소년가장 같은 의젓함이 눈에 밟혀서 더더욱 그렇다. 이쁜이의 배회가 마음 아프지만 바르게 커가는 밀키와 쵸코를 위해서도 마음을 굳건히 한다. 기쁘게 유쾌하게!

냥이의 단풍나무학교

단풍나무의 전설

'이름을 그렇게 지으면 되겠군.' 단풍나무학교라는 말이 번쩍 떠오르며
잠에서 깼다. 입동을 지나 맞는 절기는 첫눈이 온다는 소설이다. 날이
추워야 겨우내 보리농사가 잘 되기에 소설 추위는 빚을 내서라도 한다
는 농가의 말이 있다. 단풍이 시작될 무렵에 냥이를 위해 귀리를 심었
다. 냥이의 장미정원 빈 곳에 자라난 잡초를 뽑고 씨앗을 심었더니 펼
친 신문지 네 개 넓이의 땅에 바늘이 솟듯이 귀리가 촉을 내밀고 있다.
귀리는 그냥 뿌려서 흙을 얇게 덮어놓으면 잘 자라니까 한번 가꿔보라
며 잉크병 크기의 작은 병에 씨앗을 담아 보내준 이가 있었다. 무엇보
다 나는 겨울 동안 냥이가 귀리를 즐겨 먹을 거라는 말에 솔깃했다. 시
험 삼아 씨앗을 뿌리고 가끔 조리에 물을 담아 뿌려주면서 싹이 나기
만을 기다렸다. 보통은 심은 지 2주면 싹이 난다던데 내가 심은 귀리는

3주째가 지나서야 겨우 뾰족하게 싹을 틔웠다. 쵸코와 밀키가 정원의 담장 밑 구석에서 더러 볼일을 보는 터라서 씨앗을 건드리지 않을까 염려도 하였지만 냥이도 그 녀석들도 귀리에 대해 아직 눈치를 채지 못하고 있었다. 나는 틈만 나면 쪼그리고 앉아 귀리가 올라오는 것을 보며 즐거워하는데, 소설 전의 세찬 비는 저격수가 조준 사격하듯 가느다란 귀리 줄기를 죄다 꺾어놓았다. 전체 싹의 ⅓ 정도가 피해를 당하였다.

오늘은 간식을 먹는 냥이의 입에 귀리 싹을 하나 뜯어서 내밀었다. 고양이의 후각이 개를 능가하지 못할 텐데 냥이는 코를 벌름거려보는 것으로도 자신이 먹을 수 있는지 없는지 구분하는 듯하다. 그래서 한번 입맛에 당기지 않으면 다시는 관심조차 두지 않았다. 그랬던 냥이가 조심스럽게 귀리 싹 하나를 먹었다. 염소도 아니고 풀줄기를 먹는다는 사실이 못내 웃겨서 혼자서도 크게 웃음이 났다.

　　"냥이, 염소처럼 먹네."

　　귀리 싹이 고양들의 입맛을 돋울 수 있을지는 모르겠다.

　　이제 물들었던 잎들이 모두 지고 내 창문 앞의 단풍나무가 마지막 남은 잎을 달고 있을 뿐이다. 단풍나무 학명은 Acer Palmatum Thume(아서 팔마툼 툼)이다. Acer는 라틴어로 '강한', '날카로운'이라는 뜻이다. 단풍나무가 재질이 단단하고 잎의 갈라진 끝이 뾰족해서 이름이 그렇게 지어졌다. 단풍나무 수액을 정제하여 만들면 메이플 시럽이 된다. 물론 모든 단풍나무가 시럽으로 탄생하지는 않는다. 그 종류도 워낙 많으니까. 나는 여행지의 아침 식사에서 꿀보다는 메이플 시럽을 즐겨 먹었다. 미국 여행의 가장 즐거운 것을 들라면 난 주저하지 않고 팬케이크를 들겠다. 미국의 내륙으로 들어가면 온종일 언제라도 파전 크기의 큰 팬케이크를 먹을 수 있다. 갓 구워져 나온 스펀지 같은 푹신한 살 위에 메이플 시럽을 듬뿍 발라서 차가운 콜라와 함께 먹을 때의

고양이가 주는 행복
기쁘게 유쾌하게

달고 시원한 맛은 밀가루 빵으로 만들 수 있는 최고의 맛이다. 내가 만약 미국에 자동차 여행을 간다면 중요한 목적 중의 하나는 매일 커다란 팬케이크를 먹는 일일 것이다.

정원 가꾸기에 관한 책에서 읽은 내용인데, 단풍나무엔 전설이 없다고 하며 종교나 민간신앙도 단풍나무에는 전혀 눈길을 주지 않았다고 했다. 인터넷을 찾아보니 눈에 들어온 얘기가 있었다.

옛날 어느 나라의 왕에게 세 공주가 있었다. 첫째인 금발의 공주는 단풍나무 피리를 부는 양치기 청년을 사랑했다. 어느 날 왕이 세 공주를 부르더니 딸기를 바구니 가득 따온 이에게 왕위를 물려주겠다고 선언했다. 부지런하고 착한 첫째 공주는 순식간에 딸기를 따서 바구니를 채웠다. 다른 두 공주는 이것을 질투하여 언니인 공주를 죽이고 단풍나무 아래에 묻어버렸다. 몇 년 후 그

곳에서 어린나무가 자라난 것을 양치기 청년이 발견하
고 그 나무로 피리를 만들었다. 피리를 불자 피리 소리
는 말이 되어 흘러나왔다.

"사랑하는 사람이여, 나는 옛날에는 왕의 딸 그리고 단
풍나무가 되었죠. 지금은 피리가 되었고요."

양치기는 깜짝 놀라 왕에게 이 사실을 알렸고, 왕은 두
공주에게 그 피리를 불어보도록 했다. 피리가 울렸다.

"살인자여, 나는 왕의 딸, 지금은 피리!"

왕은 이 사실을 알아차리고 두 공주를 추방해버렸다.

산중에 사는 나는 단풍나무가 좋다. 우리는 단풍나무가 아니었으면
아마 지금처럼 가을의 붉은 산을 떠올리지 못했을 것이다. 작고 앙증맞
은 잎, 그 잎은 손을 펼치며 즐거워하는 소녀 같은 정숙하고 발랄한 기

운을 닮았다. 가을이 되면 수줍게 물들다 폭탄 터지듯 허공에 산화하고… 그것으로 끝이다. 그러나 눈 밝은 사람은 폭죽의 흔적인 단풍잎이 아직도 땅을 붉게 물들일 힘이 있다는 것을 깨닫는다. 내가 바라본 단풍잎은 그래서 짧지만 두 번의 생을 산다. 살아서도 빛나고 죽어서도 빛나는 존재가 단풍이다. 이 나무는 강직해서 휘기보다는 즉설주왈로 안의 울림을 공명해낸다. 정직한 사람이 마음을 꾸미지 않듯이 단풍나무가 그렇다. 그래서 이 나무는 악기의 줄을 매거나 공명판으로 많이 쓰인다. 악기는 공명이 없으면 화음을 표현하지 못하니까. 인간의 영혼은 음악이 아니었으면 성숙해지지 못했을 것이다. 조개가 달빛을 받아 살을 키우듯이 단풍나무는 깊은 공명 속에 우주의 소리를 키워낸다.

　　　이 나무는 손에 힘을 주면 가지가 툭 꺾인다. 군더더기도 없이 져야 한다면 질 뿐이라고 생각하는 듯하다. 탑전에는 단풍나무가 많고 수령이 제법 되어서 높고 넓게 유감없이 입과 가지를 펼치고 산다. 내

방 앞의 뜰과 장미정원, 그리고 축대 위의 담장 위로도 큰 단풍나무가 자리하고 있다. 그것도 여러 그루가 복선으로 서 있어서 가을이면 장관을 이룬다. 단풍잎은 여름이면 담장에 짙은 그림자를 드리워서 냥이가 사람들에게 노출을 피해 앉아서 구경하고 노는 전망대 구실을 한다. 그리고 내 차가 들어오는 소리가 들리면 훌쩍 뛰어올라 야옹야옹 울면서 자기가 기다리고 있다고 인사를 하는 것도 이 단풍나무 아래서의 일이다. 이제 단풍이 졌고 소설도 지났으니 큰절의 인부들에게 연락하여 파초의 밑동을 잘라 짚을 덮어주는 일을 마치면 가을은 저만치 멀어진다.

왜 행복하려고 하지 않았을까.
친구들과 연락하고 살 걸.
내 감정에 솔직하지 못했다.
그렇게까지 열심히 일할 필요가 있었을까.
내 인생이 아닌 타인의 기대에만 충실했다.

고양이가 주는 행복
기쁘게 유쾌하게

이 다섯 가지는 죽음에 이른 사람이 하는 후회라 한다. 나 역시 이 후회들에서 예외가 아니고 다른 사람들도 그냥 넘길 수 없으리라. 하루종일 무엇에 정신을 놓고 살아가는지, 우리가 반성하는 순간에도 시간은 습관적으로 흘러간다. 이런 자각 때문일까. 요즘은 일이 하고 싶어진다. 그래서 장미정원을 만든 이래 다시 귀리도 심어보고 보이는 대로 화초의 죽은 줄기를 떼어내기도 했다.

내가 잠결에 냥이의 단풍나무학교라는 말을 발견해낸 것은 뜻밖이었다. 냥이와 둘이 단풍나무학교라 이름을 짓고 냥이와 쵸코와 밀키를 앉히고 (이쁜이는 들어오지 않겠지) 얘기를 들려준다는 상상을 잠깐 했더니 잠결에도 그 의식이 유지되고 있었던가 보다. 냥이는 고양이를 잘 아니까 여기저기 불러 모으고 난 이야기를 하면 된다. 그렇게 해서 정말 냥이와 내가 단풍나무학교를 만들어서 수업을 한다면, 그 첫 수업은 기쁘게 살아야 하는 이유에 대한 강의가 좋겠다는 생각이 들었다.

가르친다는 것

To learn – read
To know – write
To master – teach

배우려면 읽어라.
알려면 쓰라.
정통하려면 가르쳐라.
_ 인도 격언

노동은 인간에게 숙명이다. 소중한 것을 얻기 위해 땀을 흘려야 하는
것은 모든 가르침의 핵심이다. 초기 불교 경전인 《수타니파타》에는 진

정한 노동이 무엇인지를 놓고 한 바라문과 부처님이 벌이는 문답이 나온다.

> "아, 사문이여! 나는 밭을 갈고, 씨를 뿌리고, 밭을 갈고, 씨를 뿌리고, 그런 다음 나는 먹습니다. 사문이여! 그대도 마땅히 밭을 갈고, 씨를 뿌리고, 밭을 갈고, 씨를 뿌리고, 그런 다음 먹어야 합니다."
> "바라문이여, 나도 밭을 갈고, 씨를 뿌리고, 밭을 갈고, 씨를 뿌리고, 그런 다음 먹는다오. 믿음은 씨앗, 고행은 비, 지혜는 나의 멍에와 쟁기, 겸손은 쟁기 자루, 숙고는 멍에 끌채, 견해는 나의 보습과 회초리라오."

각자 자기만의 일이 있고 농사가 있다. 그래서 자신이 하는 일에 집중하고 그 속에서 기쁨과 보람을 찾아야 한다. 사람은 자신의 지식이 세상에 쓰이길 바라는 마음으로 책을 보고 공부를 한다. 그래서 독서는 사람에게 성스러운 벗과 같다. 책상에서 홀로 보내는 시간일지라도 외롭다는 생각보다는 영혼의 농사를 짓는 일이라 생각하면 해내지 못할 만큼 어려운 일은 일어나지 않는다. 내 인생을 되돌아보니 내 가슴에 훈장이 새겨져 있다. 적어도 책 보고 공부하는 일에서만큼은 마장을 느끼지 않았다는 금빛 훈장이다. 가슴 깊은 곳에서 금별 하나가 빛나고 있으니 당연하게도 여타의 득실은 시시하게 생각하고 쿨하게 넘길 수 있다. 나이가 들어갈수록 독서 농사짓길 잘했다는 생각이 들고, 어느덧 나의 행복의 원천으로 무성한 숲이 되었으니 고마울 수밖에.

　　　독서에 예로부터 전해오는 요령이 있다. 유일독사(柔日讀史) 강일독경(剛日讀經)! 마음이 느긋하고 여유가 있을 때는 역사서를 읽고 반대로 세파 속에서 힘들고 팍팍하면 경서를 읽으라는 것이다. 마음이 느긋해야 남의 이야기에 귀를 기울일 수 있다. 그러나 삶이 고달프고 힘들 때는 옛 현인들의 가르침인 경서를 읽으면서 마음을 닦아야 한다. 학교에는 공부해야 하는 과목이 있어서 다방면으로 교육을 받는다. 옛날에도 제한적이기는 하지만 여러 갈래로 공부를 했었다. 그래서 《춘추》를 읽으면 관련 있는 말로 비유할 수 있게 되고, 《예기》를 읽으면 사람이 정중하고 공손해지며, 《주역》을 읽으면 마음이 깨끗해지고 지식이 깊어진다고 학문을 권했다. 콜롬비아 안데스산맥 깊은 마을엔 지금도 당나귀 도서관이 다닌다고 들었다. 당나귀 등에 책을 싣고서 대여를 해주는 일이다. 이 노력이 헛되지 않아 콜롬비아는 마약과 무지로부터 벗어나 OECD에도 편입되었다. 그 힘은 오로지 교육과 복지였다. 가르치지 않으면 그 과보는 당장 그 사회가 받는다.

나는 지금 냥이의 단풍나무학교에서 고양이 수업을 생각하고 있다. 단풍잎이 그나마 몇 장 남아있을 때 만추강단이라 하여 냥이와 쵸코와 밀키를 앉혀 놓고 가르치는 일이다. 꼬맹이 두 녀석은 아직 어려서 장난치고 노느라 수업이 되지 않겠지만 냥이는 가능하다.

"냥이, 쵸코와 밀키가 커가는데 가르쳐야 하지 않을까?"

나는 무심코 냥이에게 던진 이 말의 광휘에 휩싸였다. 지금 이 순간 누군가를 가르친다는 숭고한 마음이 차고 넘친다. 이 지복의 체험은 우주적인 열림이다. 그것은 앞선 세상의 모든 현자들이 했고 미래의 모든 현자들이 해야 하는 일이다.

인류는 막 자라기 시작하는 아이들을 보면 어떻게 현명하게 키울 것인지 고민했다. 어렸을 때 얼마나 질 높은 교육을 받는지가 평생의 삶을 좌우한다. 누구나 가는 유치원 교육이 일부만 가는 대학원 교육보다 중요하다는 연구가 있다. 나는 사람이 아닌 새끼 고양이 두 마리를 두고서도 자라는 생명에겐 무엇이든 가르칠 수 있다고 믿는다. 우리는 어떤 자리건 눌러앉아 버티기보다는 다음 세대의 사람이 앉도록 배려하고 자리를 비워주는 미덕을 발휘해야 한다. 공자님은 '성인지미(成人之美)'를 말씀하셨다. 타자를 이뤄주는 것, 남이 잘되도록 해주는 것은 인간세의 아름다운 일이다. 생명의 공덕은 이런 보람 속에서 증폭되지 않겠는가.

우리가 행복하게 살아야 하는 이유는 다양하고 끝이 없다. 다만 인도의 차크라 전통사상에서 신체 내의 에너지의 흐름이 어떻게 구성되어 있으며 그 작동하는 원리는 무엇인지 이해할 필요가 있다. 차크라는 '바퀴', '원형'이라는 뜻이다. 몸 내부에는 7개의 차크라가 척추의

끝부터 정수리까지 진행된다. 이 7개의 차크라와 담당하는 에너지는
다음과 같다.

물라다라 - 흙 - 척추 밑부분 - 빨강 - 무위도식

스바디쉬카나 - 물 - 단전 - 주황 – 감정(쾌락 추구)

마나푸라 - 불 - 배꼽 - 노랑 - 성취자

아나하타 - 공기 - 가슴- 초록 - 창조적인 자

비슈다 - 에테르 - 목 - 파랑 - 권력자

아즈나 - 빛 – 이마 중앙 - 남색 - 명료성, 안정, 방해받지 않음

사하스라라 - 생각, 우주의 에너지 - 정수리 -

보라 - 궁극의 자리

에너지가 차크라를 따라 상승하면서 몸과 영혼이 달라진다. 예를 들어
비슈다에 머무르면 그는 권력을 쥘 수 있는 에너지가 충만하다. 정치
지도자는 권력의지가 보통의 사람보다 강렬하다. 아즈나인 제3의 눈
에 이르면 다시는 그 무엇으로부터 방해받는 일이 사라진다. 안정되어
있고 의식은 더없이 명료한 상태다. 그렇지만 아직은 완전한 성취는 못
된다. 아즈나까지의 차크라는 길을 따라 단계적으로 올라가는 데 반해

아즈나에서 사하스라라에 이르는 길은 점프하듯 도약하는 길밖에 없다. 은산철벽이 가로막아 활로도 퇴로도 없는 자리에서 어떻게 다시 생존을 모색할 것인가. 이 단계는 논리도 아니고 이성도 아닌 오로지 초월적인 경지다. 사람들은 논리로써 논쟁을 하고 이성적인 추론을 하지만 이 세계는 단박에 넘어야 한다.

《마하바라타》에 '모르는 사람과 일곱 걸음만 같이 걸어도 우정이 생긴다' 또 '모르는 사람과 일곱 마디만 나눠도 친구가 된다'는 등의 말이 있다. 이 말을 처음 대할 때의 전율을 지금도 잊을 수 없다. 인도와 동남아시아 문명의 두 기둥인 《마하바라타》와 《라마야나》는 그들 사상의 원형을 이룬다. 서구의 《일리아드》와 《오디세이아》를 합한 길이의 8배 되는 방대한 분량이며 인도인들이 바이블로 여길 정도로 심오하다. 그래서 《마하바라타》에 있는 것은 이 세상에 있고 《마하바라타》에 없는 것은 이 세상에 없다고 한다. 그만큼 이 책은 세상의 모든 이야기를 담고 있다.

세상은 마땅히 이래야 한다. 적어도 이 정도는 목표로 하고 살아가야 한다. 자기중심적인 사고의 결과는 고통의 원인을 남긴다. 타인의 안녕과 연민, 따뜻한 관심이 우리를 행복의 호수로 흘러들게 한다. 인간사에서 적게 노력하고 많이 얻는 가장 쉬운 방법은 예의를 지키는 것이다. 관계를 해치는 가장 큰 해악은 충고하는 일이다. 탈레스는 세상에서 가장 어려운 일은 자기를 아는 것이고 가장 쉬운 것은 충고라고 했다. 충고는 눈과 같아서 조용히 내리면 내릴수록 마음에 오래 남고 마음에 먹혀들어 가는 것도 깊어진다. 바보는 방황하고 행복한 사람은 여행한다. 동전 한 닢 떨어지지 않는 일에 끼어들지 말고 여행하듯 가볍게 흘려버리라. 무엇보다 자신을 행복하게 가꾸려는 열정을 지녀야 한다. 적어도 그 정도 기품 있게 마음가짐을 할 수 있어야 행복의 강을 건널 수 있다. 궁극의 사하스라라는 아무 일 없이도 황홀하고 짜릿한 세계다. 나는 차크라를 다시 보면서 이론적으로나마 기쁘게 살아야 하는 이유를 깨달을 수 있었다. 그것은 생명의 가치를 최고로 드러내는 일이고 본성에 부합하는 보석 같은 각성이었다.

첫 수업

절기의 소설이 들어있는 11월의 마지막 주에 들어서자 기온은 늦가을
이라기보다는 겨울에 가깝게 떨어졌다. 날씨는 흐린 날의 연속이어서
평소에는 빛이 잘 들던 양지도 시무룩한 느낌이다. 덧창과 안쪽의 미
닫이, 샷시문까지 닫고 실내에 있으면 빛이 이중 삼중으로 차단되었다.
어둡다기보다는 밝지 않은 상태의 방. 그래서인지 이 방에서는 눈을 뜨
고 있어도 눈을 감고 있는 듯한 안온함이 있다. 새벽에 눈을 뜨니 거짓
말처럼 침상 끝에는 냥이가 누워있고 방바닥에는 쵸코와 밀키가 나란
히 엎드려 나를 바라보고 있었다. 나는 잠결에도 이 분위기를 직감하고
바스락거리는 소리라도 울릴까 봐 조심스레 동정을 살폈다.

　　나는 이 털북숭이 친구들을 대할 때면 깨지기 쉬운 그릇을 대하
는 마음이 된다. 떨어뜨리면 바로 산산조각이 나는 질그릇 같은 연약
함이 나를 자극한다. 냥이의 단풍나무학교를 머릿속에 그린 지가 여러
날이 되었다. 그런데 머릿속에 상상했던 바대로 당장 눈앞에 그 그림이
펼쳐진 것이다. 냥이는 쉭쉭 콧바람을 내쉬며 잠에 빠져있었고 두 녀석
은 하나하나 나를 뜯어보듯 바라보고 있었다. 나는 낙엽보다 가벼운

느낌으로 소리를 내지 않고 몸을 모로 하여 쵸코와 밀키를 살폈다. 고양이는 밝은 곳에서는 눈동자가 작고 가늘어지지만 어두운 곳에서는 눈동자가 눈 전체를 차지한 듯 커져서 흑색의 영롱한 보석처럼 보인다. 고양이의 눈을 오랫동안 지켜볼 수 있다는 게 고양이를 키우는 사람이 받는 보상이다. 이 동물에게는 그런 고혹적인 분위기가 있다. 어린 고양이는 눈빛 자체에 호기심이라고 쓰여있다. 뭐가 그렇게 궁금한지 고개를 이리저리 갸웃거리며 돌아다니는 것을 볼 때면 도시락이라도 싸들고 다니며 같이 놀고 싶은 충동이 인다.

내가 상상했던 단풍나무학교 수업은 냥이는 자고 두 녀석은 나를 향해 엎드려 있는 정경이다. 수업은 오로지 침묵으로 이뤄진다. 우리가 잠에 빠져들기 시작하면 잠은 또 잠을 불러서 깊은 무의식의 세계를 연다. 따라서 깊은 잠 속에서만 냥이가 수업에 합류하게 된다. 하지만 아직 그 정도 내공이 없는 두 녀석은 묵언 수업일지라도 서로 바라봐야 한다. 어원적으로 School(스쿨)은 학교, 수업, 떼를 짓다 등의 의미가 있다. 반드시 복수의 사람이 참여해야 한다. 이 말은 틈 혹은 여가를 뜻하는 Schola(스콜라)에서 나왔다. 여기에 부정사 a-를 붙이면 여가가 없다는 a-scholia(아스콜리아)가 된다. 참고로 Ascolia는 일, 노동을 가리키는 말이다. 그들은 재력이 있어야 공부할 여가를 얻을 수 있다고 생각했다. 맹자도 항산이 있어야 항심이 가능하다고 했다. 안정적인 재력이 있으면 한결같은 마음을 유지하기가 쉽다는 뜻이다.

사람의 생각은 어느 순간 타자와 연결되어 생각대로 움직여진다. 그런 느낌은 아주 짧은 순간 스쳐 지나기 때문에 누구에게 설명하기도 어렵다. 냥이와 두 녀석, 그리고 내가 함께 묵묵히 마주하고 있는 이 순간은 바로 내가 상상하던 단풍나무학교 수업의 모습 그대로다. 아, 이런 게 가능하구나 생각하니 감동이 밀려왔다.

우리 밀키는 할머니를 닮아서 갈수록 예뻐지는구나. 할머니가 참 예뻤다. 그래서 이름이 이쁜이가 된 거야. 맞아, 엄마 이름도 이쁜이야. 할머니가 여기서 새끼를 세 번 낳았는데 너희 엄마는 두 번째 때 혼자 태어났어. 엄마도 지금까지 세 번 새끼를 낳았고 너희들이 세 번째 야. 모두 보일러실에서 태어나고, 조금 자라면 위채의 보일러실로 가고, 그 다음에 사리탑 아래의 돌무더기 틈으로 옮기지. 조금 더 크면 냥이와도 알아가고 내 방에도 자유롭게 드나드는 것이 하나의 코스가 되었어. 냥이는 탑전에서 지낸 지 다섯 해가 되어가고 너희 엄마는 두 해가 되어가지. 아주 어렸을 때 엄마만 남기고 할머니가 떠나버렸지만 너희 엄마만큼 잘 먹고 호강한 고양이도 없을 거야. 난 너희들이 살아나지 못할까 봐 걱정했었어. 숨이 붙어있다는 게 아슬아슬했지. 밀키는 지금까지 태어난 이들 중에서 인물이 제일 나아. 밀키는 내가 15년간 살았던 서울 종로에 내놓아도 빠지지 않을 거야. 그런데 쵸코는 몸이 부실한 게 꼭 엄마 같아서 어디 멀리 가면 안 되겠어. 쵸코는 지금처럼 산중에 살고 밀키는 도시로 가서 살아도 어울릴 거야.

그런데 엄마는 왜 집에 안 들어와?

음…. (밀키보다 쵸코가 엄마를 더 그리워한다는 걸 난 알고 있다.) 이건 너희들도 자라면 다 알게 될 건데…. 보통 고양이 가족들의 경우 엄마는 새끼들이 어느 정도 자라면 자기

자리를 물려주고 자신이 떠나더라고. 어린 새끼가 야지로 내몰리는 것보다는 어른인 자신이 나가는 게 낫다고 생각하는 거지. 쵸코, 밀키. 엄마 보고 싶지? (어둠 속에서도 두 녀석의 눈빛이 흔들리는 게 보인다.) 아마 멀리 있지는 않고 탑전 근처에 있을 거야. 너희들 눈에 자주 보이면 서로 힘들어지니까 그러는 거야. 처음엔 쵸코가 밀키를 데리고 다니는 것이 기특하더니 지금은 오히려 밀키가 더 활달해져서 맘이 놓여. 그렇게 서로 의지하고 지내야 해. 우리 냥이를 잘 따르면 이곳에서 살아가기엔 아무 장애가 없을 거야. (아마 시간이 더 흐르면 이 녀석들은 냥이가 자기들의 부모일지도 모른다고 생각할 수도 있을 것이다. 혹 그러냐고 묻는다 해도 난 굳이 답을 하지 않으려고 한다.) 이제 겨울이 되면 밖에 있기가 싫어질 거야. 몸도 떨리고. 그걸 추위라고 하지. 겨울을 잘 나려면 뭐든 잘 먹고 잘 뛰어놀아야 해. 알았지?

너무나 순조롭게 첫 수업을 마쳤다. 여전히 냥이는 깊은 잠에 빠져있고 쵸코와 밀키는 미동도 없이 귀를 기울였다. 그리고 누가 먼저랄 것도 없이 서서히 움직이기 시작했다. 밖에 나가서 기다리면 먹을 것이 나온다는 것을 깨달아가는 두 녀석의 기대가 어긋나지 않도록 통조림을 주고 난 그 옆에서 맑게 갠 하늘을 올려보았다.

사람과 사람 사이에 놓는 다리는 없다고 말한 사람은 《나는 고양이로소이다》를 쓴 나쓰메 소세키다. 세계은행에서 진단한 당면한 인류의 가장 큰 문제는 소외라고 한다. 소외에서 벗어나려면 사람 사이의 관계가 중요하다. 그뿐인가. 인간은 자연과 동물 같은 여러 생명체로 인하여 많은 위안과 즐거움을 누리기도 한다. 이 모든 것들과의 관계는 내가 생각하고 의도하는 바에 따라 반응하고 화답한다. 잘 활용하면 더없이 은혜로운 존재들이지만 강에 놓인 다리처럼 서로의 마음으로 이어지는 유형의 다리는 없다. 오직 마음에서 마음으로 이어지는 끈끈한 유대감이 인간소외의 해답이며 삶을 풍요롭게 하는 묘약이라 믿는다.

세 번째 이야기

단순한
바라봄만으로도
삶은 깊어진다

내 집은 반쯤 귀먹은 곳에 있으니

저녁 무렵부터 귀가 이상했다. 달리 통증은 없었고 이상 징후도 없어서 대수롭지 않게 생각하고 잠자리에 들었다. 새벽에 눈을 뜨자 귀는 더욱 갑갑했고 몸을 움직이면 약간 떠 있는 느낌이 있었다. 산행은 무리겠다 싶어 한 시간 정도 뜰을 걷고 나서 방에 들어오니 증상이 더욱 심해졌다. 내 방의 창문은 두꺼운 이중창이어서 외부의 소리가 잘 차단된다. 그래서 실내에 있으면 약간의 무중력 상태에 있는 느낌을 준다. 방에서 귀를 주시해보니 소리는 확실히 멀리 들리고 솜으로 귀를 막은 듯 공기가 통하지 않는 기분, 그리고 걸어 움직여보면 몸이 휘청이기까지 했다. 몸이 균형을 잡는 데는 귀가 중요한 역할을 한다. 귀는 분명히 문제가 있다는 신호를 보내고 있었다.

슬쩍 겁이 났다. 아는 분에게 여쭤보니 빨리 병원에 가보라고 겁을 준다. 점심시간 전에 병원 진료를 받을 수 있다면 하루를 통째로 낭비하지 않아도 된다. 나는 평소보다 일찍 점심을 먹고 냥이의 털을 빗기고 간식을 주었다. 오전 산행을 마치고 씻기 전에 냥이의 털 손질하는 것이 코스처럼 정해진 일인데 가끔 이 시간에 냥이가 나오지 않으면 그냥 넘어갈 수밖에 없다. 이날은 평소보다 한 시간 정도 일찍 서두르고 있었지만 냥이가 적절한 시간에 나타나 털 손질까지 해줄 수 있었다. 고양이는 이처럼 주인의 속을 훤히 꿰뚫고 있다는 듯한 행동을 자주 해서 놀랄 때가 있다. 이쁜이는 아침에 한 번 오고 저녁이나 밤에 불규칙하게 다시 오기도 하지만 밤은 알 수 없는 어느 곳에선가 보낸다. 밀키와 쵸코는 밤은 안에서 보내고 아침에 문 여는 소리가 나면 밖으로 나온다. "이리 와서 아침 먹어야지" 하고 부르면 뛰어오는 정도는 되었다. 전날 밤에는 분명히 둘이 있었고 좀 전까지 같이 나오는 것으로 보였는데 쵸코만 그릇에 얼굴을 묻고 먹을 뿐 밀키는 보이지 않았다. 그리고 아침 걷기를 나설 무렵에 쵸코가 통로를 빠져나가더니 사라졌다.

어쩔 수 없이 냥이만 살펴주고는 순천으로 나갔다. 인터넷으로 검색하여 거리가 가까운 병원을 찾았고 가까스로 점심시간 10분 전에 도착했다. 간호사가 귓속의 체온을 재면서 병원에 온 이유를 물었다. 증상을 얘기했더니 초기에 잘 오셨다고 한다. 이 말에 마음이 조금 진정되었다. 초진이라 신상 명세를 적고 진료실로 들어갔다. 60대 중반으로 보이는 따뜻한 느낌의 의사 선생님은 내 설명을 들으시고는 맨 끝에 불이 들어오는 진찰 기계를 귓속에 넣어 양쪽을 살피더니 청력검사를 받으라고 하였다. 간호사가 의자 하나만 놓인 조그만 밀실에 나를 넣고는 손에 매직펜처럼 생긴 기구를 쥐여주면서 소리가 들리면 버튼을 누르라고 했다. 양쪽 귀에 소리가 들렸고, 저음에서 고음으로 다시 고음에서 저음으로 이동하면서 청력을 측정한 그래프가 그려졌다. 다시 진료실로 왔더니 의사 선생님이 그래프가 그려진 차트를 전달받아 잠시 살펴보고는 소견을 말했다.

"그래프를 보세요. 왼쪽과 오른쪽이 다르지요? 오른쪽 귀에 문제가 생겼어요. 돌발성 난청이라는 것이고요. 빨리 오길 잘하셨고 일주일 정도 매일 주사 치료를 받고 약도 드셔야 해요. 매일 나오기 불편하면 큰 병원을 소개해 드릴 테니 일주일 정도 입원하는 것도 좋아요."

난감했다. 다음날 내가 원장과 이사장을 겸하고 있는 연구원의 가을 정기학술대회가 있어 서울에 다녀와야 하기 때문이다. 입원은 할 수 없으니 통원 치료를 해야 하고 당장 내일은 병원에 올 수 없다고 상황을 말씀드렸더니 이틀째는 꼭 나와야 한다고 했다. 처방전을 받아 약국에 들러 3일 치 약을 받으려니 세 가지 중 스테로이드제와 위장약은 동일한 효과의 다른 약을 써야 한다며 약사가 동의를 구했다. 나는 잠시 양해를 구하고는 아는 의사분에게 전화해서 물어보았더니 상관없다고 했다. 치료의 핵심이 되는 파란 알약인 코르티솔은 처방전대로 조제되었다. 젊은 여성 약사분은 내가 약을 꼼꼼히 챙긴다는 생각이 들었던지 약의 쓰임새에 대해 친절히 설명해주었다. 코르티솔은 부신피질에서 분비되는 호르몬으로 심한 스트레스를 받으면 외부의 자극으로부터 방어하기 위해 신체 반응을 자극한다고 하여 '스트레스 호르몬'이라고도 한다. 오래 앉아있는 것도 좋지 않다고 하니 병이 날 만도 했다. 냥이의 가을

이야기를 써가면서 이쁜이 가족까지 지켜보는 것에 진을 뺐겠지! 약사 선생님은 알약을 손으로 밀어가며 일일이 개수를 알려줬다. 내가 돌발성 난청 소견을 받았다고 하니 이 정도 약은 써도 된다며 안심시켰다. 사람들은 우리에게 경전을 어떻게 다 외우느냐고 신기해하듯이 약사가 약을 아는 것이 나에게는 마찬가지로 신기했다.

병원에 다녀온 줄을 모르는 냥이는 내가 돌아오자 통로에서 문턱을 넘어 다가왔다. 그리고 계단 받침목에 몸을 이리저리 쓸면서 반가운 인사를 하고는 스크래쳐를 박박 긁었다. 냥이가 간식을 먹고 싶을 때 하는 기분 좋은 표현이다.

"알아, 냥이. 용맹한 줄 안다고."

한 번의 주사와 약을 먹어서인지 좀 나아진 것 같은 기분도 들었지만 방에 들어오니 진공 팩에 든 것처럼 여전히 귀가 먹먹했다. 대다수의 약에는 수면을 유도하는 성질이 있다. 깨어 있으면 몸이 저항을 하므로 약 효과가 줄어드는 것은 상식에 속한다. 그리고 약과 상관없이도 자고 쉬는 게 몸에 좋다. 산삼을 먹고 사흘을 내리 잤다는 얘기를 들은 적이 있다. 오래된 더덕이나 송이버섯만 해도 잠이 잘 온다. 그래야 약이 된다. 사람이 잠든 깊은 무의식에서 약 효과가 온몸에 스며든다. 아무튼 돌아오자마자 대충 씻고 자리에 누운 것이 깨어보니 거의 두 시간을 잔 거였다. 상태는 조금 호전된 듯해도 왼쪽과 오른쪽의 귀를 번갈아 막으며 소리를 들어보니 오른쪽 귀는 확실히 소리가 잘 들리지 않았다.

　　'내 집은 반쯤 귀먹은 곳에 있으니 사람이 찾아오지 못하네' 하는 제목을 붙여놓고 시간을 끌고 있던 차에 귓병을 앓게 되었으니 병은 내가 부른 것이다. 가을 이야기를 쓰는 동안 분주한 일이 일어나지 않기를 바랐는데 여의치 못했다. 어쩔 수 없이 여러 군데 전화를 하여 상황을 말하고 학술발표행사를 잘 치르도록 부탁하고는 기차표를 물렀다. 잠시 쉬었다가 밖에 나가보니 이쁜이는 전날처럼 오후 늦은 시간에 돌무더기 위에 앉아서 마당을 살피고 있었다. 단풍이 지고 있는 풍광을 뒤로하고 앉아있는 모습이 눈에 예쁘게 들어왔다.

　　"이쁜이, 통조림 먹어야지?"

　　나는 이쁜이가 기다려진다. 당장은 하루 한 번이라도 먹을 걸 달라고 찾아오는 것이 고맙고 반갑다. 이쁜이는 당장은 내려오지 않았다. 놓고 가면 언젠가 먹겠지. 나는 그릇에 통조림과 간식을 담아놓고 방으로 들어왔다. 가을밤이 깊어간다. 병원에서 오래 앉아있지 말라는 말을 들었지만 낮잠을 충분히 잔 탓인지 저녁분의 약을 먹었어도 졸린 기운이 없어 시간 가는 줄 모르고 그냥 앉아있었다. 자정이 다 되는 시간인데 밀키도 쵸코도 들어오지 않는다. 아직은 꼬맹이에 지나지 않는데 뭐라도 먹고 다니는지. 꼬맹이 잘 잤냐고, 어젯밤엔 어디에 있었냐고 아침 인사를 나눌 수 있을는지 모르겠다. 지금으로서는 내가 더 아플 것 같다는 생각이 들어서 억지로 잠을 청했다.

다행히 병원에 다녀온 다음 날부터 귓전에 닿는 소리가 한결 편안하게 들렸다. 틈틈이 왼쪽과 오른쪽 귀를 차례로 막고는 소리를 들어보는 데 별 차이가 없다. 다행이다 싶으면서도 난청이라는 얘기를 듣는 순간 왜 베토벤이 떠올랐는지 모르겠다. 정신의 절제와 신체의 균형이 우리의 영혼에 얼마나 많은 영향을 미치는지, 예상치 못하게 내가 겪는 돌발성 난청은 나 자신을 돌아보는 기회가 되었다.

치료를 받는 동안 매일 순천에 갔다. 나는 순천에 일을 보러 나갈 때면 공양 시간이 어떻게 될 것인지를 먼저 생각한다. 여러 해 이 지역에서 다시 생활하고 있지만 잘 아는 식당도 없거니와 혼자 불쑥 들어가서 먹기도 편치 않아 나만의 끼니 해결을 정해야 한다. 다행히 승주에는 내가 자주 들르는 팥죽집이 있다. 송광사와 순천의 중간지점에 위치해 있어 지나다가 우연히 알게 된 곳인데, 70세쯤 되신 할머니 한 분이 혼자서 꾸리는 작은 가게다. 테이블은 세 개. 유사시엔 방에 좌탁을 들여 손님을 들인다. 한 테이블당 의자가 다섯이니 사람이 많지 않은 이곳에선 자리가 충분히 순환된다. 이 식당을 발견했던 때는 여름이었고 남도에서는 이 계절에도 팥죽을 즐겨 먹는 터라 입맛이 당겼다. 메뉴는 전부 밀가루 음식이다. 해물 칼국

수, 해물 수제비, 다슬기 수제비…. 팥칼국수는 7천 원에 상시 나오는 메뉴고, 계절 별미로 떡국, 동지죽, 냉콩국수가 나온다. 나는 여름엔 콩국수나 팥칼국수, 겨울엔 동지죽을 먹는다.

큰절을 끼고 사는 사람들은 스님들을 보면 스스럼없이 말을 붙인다. 그 소리란 게 모두 정겨운 것이라 따뜻하고 살가운 느낌을 준다. 이 팥죽집도 선암사 가까이 있어서 더러 절 일하는 사람들을 만나곤 한다. 한 번은 이런 일이 있었다. 팥칼국수를 먹으면서 막 무쳐나온 콩나물 반찬이 맛있어서 금세 다 먹고 그릇이 비어있었다. 그때 다른 테이블에서 반찬을 가지러 간 남자가 찬을 담아 자리에 앉으려는데 일행이 그를 나무랐다.

"너는 눈을 어디다 쓰냐. 거, 스님 반찬 비어있는 게 안 보이냐. 얼른 먼저 드려라."

또 한 번은 고기를 먹던 이들 중 한 남자가 자리에 앉은 나를 보더니 말을 걸었다.

"스님, 요것 좀 드셔보시오."

내가 웃으며 많이 드시라고 사양했더니 도도 기운이 나야 닦을 것인디, 하면서 자기들끼리 웃었다. 그들의 말을 가만히 음미하면 곡조만 붙이면 영락없이 판소리다. 남도에는 말에 이런 울림이 있어서 정겹다. 병원에 다니는 동안 점심을 연이틀 이곳에 들러 팥죽으로 먹었다.

"스님, 또 오셨네."

이틀을 연속으로 와서 뜻밖이었던가 보다. 순천 병원에 다녀오는 길이라 했더니 할머니는 빨리 나으라며 평소보다 많은 새알심을 넣어 주셨다. 새알심의 크기는 적당하고 맛있다. 찹쌀과 멥쌀의 비율을 잘 맞춰서인지 찹쌀이 많을 때의 흐물흐물한 느낌도 없고 그렇다고 멥쌀이 많아 퍽퍽하지도 않았다. 밖에서 김치를 먹으려면 젓갈 때문에 쉬 먹지를 못할 때 여간 아쉽지가 않은데, 이 할머니의 반찬은 분명 젓갈이 들어갔을 듯한데도 그다지 비위에 넘어오지 않아 참고 먹을 만해서 좋다. 그래서 언제나 똑같은 반찬인 콩나물, 무김치, 배추김치 세 가지를 남기지 않고 깨끗이 비우고 나온다. 이날은 지금이 고구마를 캐는 시점인지 테이블에 어른 손가락 굵기의 가는 고구마를 삶아 빨간 플라스틱 바구니에 담아 놓아서 몇 개 먹고 나왔다. 알맞은 꽃이 있다. 그 나이가 아니고서는 피울 수 없는 알맞은 꽃이 여기에 피어있다는 생각을 하면서.

돌아오자 냥이는 내 차 소리도 아랑곳하지 않고 잠이 들었던지 문 앞에 들어설 때야 통로의 문턱을 넘어왔다.

"냥이, 뭘 했다고 하품이야?"

이 동물은 하는 것 하나 없는데도 예쁘다. 오늘은 오전에 빗질을 못 해주고 간 터라서 빗질을 하고 사과를 반 쪼갤 때 쥐는 모양으로 냥이의 얼굴과 귀를 양옆으로 쓸어주며 핀

잔을 했다.

　"냥이, 스님 병원 다녀왔어."

　"……."

걱정을 해서 걱정이 없어지면 걱정이 없겠네

온종일 흐렸다. 햇빛만으로는 서재를 밝히지 못하니 전등을 두 배로 켰다. 하늘은 검은 구름을 끝없이 피워내고 산과 나무는 특색 없이 잿빛 얼굴을 하고 있다. 아직 낮인데 밖보다 방이 더 밝다는 것이 꼭 무슨 비밀 같다. 간밤에는 며칠간의 약과 주사에 지쳤던지 위에 통증이 있어서 약을 또 먹었다. 그리고 아침과 저녁은 흰죽으로 부드럽게 공양하였다. 선종 사찰에서의 아침 공양은 대부분 흰죽이다. 새벽 참선으로 아직 고요한 상태에 머물러 있는 몸과 위에 부담을 줄이기 위해서다. 출가하여 아침을 죽으로 먹는 게 신기했다. 마음공부를 하는 사람은 몸을 고귀하게 여길 줄 알아야 한다는 가르침은 일상에서도 넘쳐났다. 신선은 아침에 먹고 부처님은 점심 한 끼를 드시고 귀신은 한밤중에 먹는다는 말도 그때 들었다. 지금은 몸을 과하게 움직이면 좋지 않아서 뜰에서 오전 운동을 했고 점심 후에는 방에 머물렀다. 늦은 오후에 나가보니 파초와 담장 위의 기왓장에 빗방울이 떨어지고 있었다.

저 건너 계곡 기슭의 대나무가 바람에 많이 흔들렸다. 여름에는 무성한 가지와 잎으로 큰절 방향의 하늘을 거의 반이나 가리던 느티나무 잎이 다 져서 대나무의 푸른빛과 대비를 이룬다. 잎이 지고 나니 바람이 빠르게 통과하는 듯 느껴졌다. 날이 저무는데 하늘까지 흐려서 먹구름은 층을 이루며 동으로 서로 불규칙하게 떠다녔다. 보통은 해 질 녘에 빗방울이 보이면 밤중에 한두 번 정도는 비를 뿌리고 지나가기 마련인데 날이 밝도록 그런 흔적도 조짐도 찾을 수 없었다. 멀리 중부 내륙에 강풍을 동반한 가을 호우가 내리고 밤부터 전국적으로 비가 내린다는 예보가 나왔다. 그래서일까. 전날의 흐린 날씨는 하루가 지나도 호전되지 않았고 먹구름이 아침 하늘을 빈틈없이 두텁게 메우고 있었다. 그리고 바람이 불었다. 아직 한 계절이 닫힌 건 아니지만 처음으로 겨울 날씨에 가까운 바람이 부는 것을 느꼈다. 습도가 올라가 창문을 열지 않고는 후텁지근한 공기를 몰아낼 방법이 없다. 그리고 취침을 알리는 삼경 종소리가 바람에 실려 왔다. 이 종소리를 신호탄으로 비가 쏟아지기 시작했다. 천둥이 가까운 하늘에서 울렸다. 어둠이 짙게 내려앉은 속에서 천둥이 치고 비바람이 몰려왔다. 비와 어둠이 겹쳐 보여 처마의 외등이 밝히는 파초와 담장 너머의 단풍나무 외에는 아무것도 보이지 않았다.

이렇게 기후가 불순한 날은 고양이들에겐 엎드려 있기 좋은 시간이다. 꼬맹이 녀석들은 어디 나가지도 않고 장미정원 귀퉁이의 흙을 파서 볼일을 봤다. 냥이는 처음부터 내 눈에 띄지 않는 먼 곳에서 해결하는 기특함이 있었는데 이 녀석들은 상관하지 않는다. 고양이는 보면 볼수록 특이한 구석이 있다. 어미도 없이 단둘이 지내는 어린 고양이들인데 동시에 사라졌다 나타나기 일쑤이고, 먹을 것을 달라고 칭얼대다 방에서 태연하게 잠에 빠져든다. 물론 서로 의사소통이 되니까 붙어 다니는 거다. 내가 보기에 예전에는 쵸코가 밀키보다 앞장서서 다니는 줄 알았는데 요즘 보면 밀키가 더 활달하게 느껴질 때도 있다. 처음엔 쵸코가 더 빨리 자라는가 싶더니 지금은 밀키가 몸집을 불리고 있다. 밀키는 털이 전체적으로 하얀색에 가깝다. 지금은 얼굴에 존슨즈 베이비 파우더를 뒤집어쓴 것처럼 뽀얗게 보여 여간 매혹적이지가 않다. 고양이를 유심히 살펴본 사람은 알겠지만 사람의 인물처럼 고양이의 미추가 전부 다르다. 사람도 연예인이나 배우 같은 독특한 얼굴이 있듯이 예쁜 고양이는 정말로 예쁘다! 가까이 본 고양이 중에 지금의 밀키가 인물로는 가장 뛰어나다는 생각이 든다. 고양이는 자신을 예뻐해 주는 사람은 안다.

　최근에 머리를 식혀간다 생각하고는 〈사카라 무덤의 비밀〉이라는 고대 이집트 유적의 발굴에 얽힌 다큐멘터리 영화를 봤다. 칼 야스퍼스는 기원전 500년 정도의 기간을 축의 시대라 하여 인류의 사상적 틀이 완성된 시기로 정의하였다. 축의 시대에 그리스에선 학문이, 중국에서는 삶의 지혜가 집중 탐구되었다. 이 시대에 종교도 발달하였는데, 인도에서는 삶의 부정이 종교이고 그리스에선 학문이 종교이며 이집트에선 죽음이 종교였다. 고대 이집트인들은 사람 외에도 동물을 신성시하는 신앙이 있어서 신전에 동물 한 마리를 살게 하여 신이

나 여신을 향한 헌신의 경배 대상으로 은유화했다. 신을 볼 수 없으니 눈에 보이는 동물로 그 역할을 대신했다. 사카라 유적에서 고양이 미이라와 아기 사자 미이라가 출토되었다. 사카라 네크로폴리스에서 고양이 미이라를 발견한 후로는 집 근처의 고양이들이 자신을 보면 두려워하며 도망을 치고 가까이 오지 않는다는 학자의 말이 흥미로웠다. 3천 년 가까운 먼 과거의 유적에서 고양이 미이라를 손댄 일을 현재의 고양이들이 어떻게 느꼈던 걸까. 그래서 '고양이는 모든 것을 알고 있다'라고 다소 과장되는지도 모른다. 가만히 잠들어 있는 듯해도 눈은 감은 채 귀를 쫑긋 세우고 사람의 움직임을 파악하는 이 얄밉도록 영민한 친구는 답답한 구석이 없어서 좋다. 그래도 방해되지 않도록 조심하면서 최소한의 인사는 한다.

"냥이, 안 자는 거 다 알아. 자는 척 그만하지?"

연이틀 흐렸던 밤이 깊어가면서 파초에 툭 툭 떨어지는 빗소리가 들렸다. 비는 비를 좋아하는 모든 것을 부른다. 겨울잠을 자는 것은 월동에 들어갈 시간이다. 비가 잠을 깨워서일까. 개구리 두 마리가 통로에 들어와 뛰어다녔다. 비가 불러 나왔는데 공기가 차가워 다시 따뜻한 곳으로 뛰어 들어왔다. 파리는 방으로 들어와 윙윙거리며 날아다녔다. 개구리는 꼬맹이 녀석들이 먼저 알아냈다. 뭘 하고 노는지 두 녀석이 통로에 펄쩍 뛰어오르기도 하고 박스 위로 올라가 피하기도 하면서 소란을 피웠다. 고양이는 쥐꼬리처럼 꼬리가 긴 모양이 흔들리는 것을 보면 참질 못한다. 바람에 풀줄기가 흔들리는 모양을 보면서 한나절을 호기심 속에 보낼 수 있는 게 이 동물이다. 참을 만큼 참다 나갔더니 두 녀석은 통로 끝으로 달아나서는 나를 살폈다. 빗자루와 쓰레받기를 가지고 개구리 두 마리를 모두 내보내기까지 10분은 족히 실랑이를 했다. 냥이는 개구리가 뛰놀건 파리가 날아다니건 관심이 없다.

생각해보니 오늘 이쁜이를 보지 못했다. 고양이, 특히 야지의 고양이와 지내려면 대략 정해진 서로의 패턴을 어기지 말아야 한다. 고양이는 서둘지도 않고 초조함을 드러내지도 않는 동물이라서 안절부절못하는 모습을 보이려 하지 않는다. 고양이와 사람의 관계에서 누가 더 좋아하고 그리워할까. 그리고 관계가 어긋나면 누가 더 괴로워할까. 고양이는 안다. 아쉬운 쪽은 사람이라는 사실을!

쵸코와 밀키가 나와 가까이 지내기 시작하면서 이쁜이는 더는 경계 안으로 들어오지 않는다. 대신 하루 한 번 일몰 시간에 뜰에 나가는 나를 기다리기 시작했다. 자신이 울면 내가 외면하지 않고 뭔가를 준다는 걸 안다. 내가 이 시간을 소홀히 하면 그대로 멀어져버린다. 고양이의 생각은 바람과 같아서 불현듯 옮겨가고 지난 과거는 머릿속에 없다. 그래서 낯선 곳이라도 태연하게 자리를 잡고 살아갈 수 있다. 저녁에 필요한 게 있어 잠깐 밖에 다녀왔다. 비가 와서 나를 기다릴 장소와 타이밍을 놓쳐버렸던지 오늘 하루 이쁜이는 나타나지 않는다. 무상한 생각은 숲을 바라보고 있을 때 더욱 깊어지지만 숲 앞에 있으면 마음이 놓이기도 한다. 받아들일 수 있는 세계다 하는 안도감이다. 사물에 구애받지 않는 자유로움이 이곳의 가풍이니 여기에 발붙이고 사는 모든 생명체는 자유를 몸에 익혀야 한다. 모든 것은 오고 가니까. 그렇게 마음에 걸리는 생각을 놓으려고 하는 한편에선 세상을 싸늘하게 바라보는 시선이 자라나고 있음을 느낀다. 결코 내 뜻에 동의하지 않는 이 싸늘함은 깊은 심연에 자리한 고독이면서 나를 바라보는 외물이 보내는 별도의 의식이기도 했다.

한 제자가 물었다.
"연꽃이 아직 물에서 나오지 않았을 때는 어떻습니까?"
선사가 말했다.
"절기가 아직 아니 되었다."
제자가 다시 물었다.
"물에서 나온 후는 어떻습니까?"
선사가 말했다.
"지난해와 같은 게지."

인류 역사에서 개기일식을 처음 알아낸 사람은 그리스의 7대 현인 중의 한 사람으로 존숭받았던 탈레스다. 천문학자들이 그날을 역산해보니 기원전 585년 5월 28일이었다. 그는 가장 행복한 사람을 정의하여 '몸이 건강하고 정신이 지혜롭고 성품이 순수한 사람'이라고 했다. 그러면서 만물은 신적인 것들로 가득 차 있다고 했다. 신적이라는 뜻은 일이 그렇게 되어가는 이치이다. 바퀴를 굴리면 똑바로 서려고 하는 성질이 있는 것처럼 세상의 모든 일은 스스로 균형을 잡고 나아가려 한다. 그래서 진리는 진리를 볼 줄 아는 안목 속에 있다. 안목은 단순한 바라봄으로도 심오해지는 지점이 있다. 요즘은 일기예보에서 기상이 좀 심하다 싶으면 관측 이래 처음이라는 말이 관용어구가 되었다. 어제오늘 서울에 내린 가을 폭우는 11월 기준으로 기록적이라는 뉴스가 나온 오후에, 비와 바람과 단풍을 보고 싶어 한동안 닫고 지내던 덧창을 열고 살폈다. 하늘은 여전히 흐렸다. 삶을 온전하게 만드는 것이 최고이고, 삶을 부족하게 만드는 것이 그 다음이고, 죽는 것은 그 다음이고, 삶을 괴롭게 만드는 것이 가장 아래라지. 삶을 존중한다면 삶을 괴롭게 만들지 말라는 뜻이다. 걱정을 해서 걱정이 없어지면 걱정이 없겠네. 이것은 티베트의 가르침이다. 걱정 없는 시간이 있을까. 다만 조금만 괴로워하고 조금만 아프자는 말씀.

베개는 말 없는 예언자

입이 코에게 물었다.

"음식도 내가 먹고 말도 내가 하는데 너는 무슨 공이 있어서 내 위에 있는가."

코가 말했다.

"오악 가운데 중악이 가장 존귀하기 때문이네."

코가 눈에게 물었다.

"너는 어찌 내 위에 있는가."

눈이 말했다.

"나는 해와 달과 같아서 참으로 모든 걸 비춰 아는 공이 있기 때문이지."

눈이 눈썹에게 물었다.

"무슨 공이 있어서 그대는 내 위에 있는가."

눈썹이 말했다.

"나는 정말로 아무런 공이 없네. 그래서 늘 위에 있는 걸 부끄러워하고 있지. 만일 허락만 한다면 나는 그대 밑에 있겠네."

선사가 말했다.

"이렇게 하여 눈이 눈썹 위에 있다면 어떤 모습이 되겠는가. 옛사람이 이르길 눈에 있으면 본다 하고, 귀에 있으면 듣는다 하나니. 자, 말해보라. 눈썹 위에 있으면 뭐라고 부르겠는가?"

잠시 침묵한 뒤 선사가 말했다.

"근심 있으면 함께 걱정하고 즐거우면
함께 즐거워한다."

이 문답을 평결하는 뜻으로 스승은 눈썹을
문지르며 말했다.

"야옹."

_《종용록》 제20칙 중에서

마음을 깨우치는 세상의 많은 가르침 중에서도 선종의 법문
은 몹시 강렬하다. 돌아가는 법이 없고 단도직입적으로 한 마
디 일러보라고 한다. 화장하듯 꾸밀 수 없고 홀리듯 변재로 넘
어갈 수도 없다. 그래서 문제에 맞닥뜨린다는 의미에서 '당면
하다'라고 한다. 선종은 문자로 문자 밖의 소식을 드러내는 가
르침이지만 그러면서도 체계가 있다. 스승의 가르침을 검객의
칼에 비유하기도 한다. 살인도를 쓰기도 하고 활인도를 쓰기도
하여 틈을 주지 않고 강하게 밀어붙인다. 어떻게 할 것인가. 강
할수록 서서히 풀어가야 한다. 앞의 문답 끝에 스승은 '야옹'
하며 고양이의 가느다란 소리로 문답을 종결했다. 여기에 활력
을 더하려면 만물이 약동하는 이치를 들이밀어야 한다. 높은
곳은 높은 대로 평평하게 하고 낮은 곳은 낮은 대로 평평하게
하라. 이것은 '짧으면 짧은 대로 길면 긴 대로 자르거나 잇지 않

고, 높으면 높은 대로 낮으면 낮은 대로 스스로 만족한다' 하는 노장사상의 심리 일반과 궤를 같이한다.

사람을 죽이려면 피를 봐야 하고
남을 도우려면 끝까지 돕는다.

얼굴의 절정은 눈썹에 있다. 예로부터 눈썹화장이 어려웠다. 얼굴의 균형에 맞아야 하고 그 사람의 성정이 선 하나에 나타나기 때문이다. 눈썹 선의 가장 중요한 지점은 너무 무거워서도 안 되고 그렇다고 너무 가벼워서도 곤란하다. 선의 길이와 굵기, 그리고 선이 휘는 정도의 절묘함을 찾는 일이 간단치 않아보인다. 고양이는 얼굴의 어디에 해당할까. 성격의 쿨함을 따진다면 눈썹 정도 지위를 부여해도 되겠지만 누구나 동의하지는 않을 것이다. 강아지를 키우는 사람은 자신의 개에게 왕관을 주고 싶을 테니까.

선승이 화두를 풀려고 밤낮으로 면벽하며 골똘하듯이 내가 고양이를 지켜보면서 이해한 많은 것 중에서 가장 고양이다운 특색을 하나 꼽으라면 '잠'을 들겠다. 내가 태어나 자란 시골집은 기와집이었고 지대가 한 단 낮은 곳에 큰 사랑채가 있었다. 사랑채에는 정중앙 두 칸 정도의 사랑방이 있었고 여기에서 일꾼들이 살았다. 본채 집 뒤로는 큰 대숲이 있고 과실수들을 집 경계를 따라 심어놓아 계절마다 따먹을 수 있는 것이 많았다. 마당이 넓어서 이것저것 많아서 온종일 집에서 놀아도 지루하지 않았다. 내가 지금껏 혼자서도 잘 노는 데는 이때 혼자 놀기를 터득한 때문인지도 모른다.

내가 가장 좋아한 곳은 사랑방이었다. 내가 겨울 태생이기도 하고, 어른들이 일 나가며 어린 나를 혼자 눕혀 놓는 곳이 그 방이었다. 농사일이란 게 밑도 끝도 없어서 바쁘면 아이 젖 먹이는 것도 망각하기 일쑤다. 그런데 깜빡하고 있다가 아기가 생각나서 급히 사랑채로 가 보면 내가 뜨거운 방바닥에 누워서 천장을 보며 혼자 즐겁게 놀더란다. "저 애는 갓난아기 때도 생전 울고 보채는 걸 못 봤제"라고 어른들이 나를 보면 기특해하던 기억이 떠오른다. 난 가끔 혼자서 천장을 보며 누워있던 한두 살 때의 일을 모두 알 것 같은 묘한 느낌이 있고 지금도 그 연장선에 있다는 생각이 들기도 한다. 예를 들면 따뜻한 방에서 손발 씻고 쾌적한 이부자리를 깔고 눕게 될 때면 '아, 난 이렇게 세상에 태어나 혼자 놀았지' 하면서 즐겁게 잠에 빠져든다.

냥이와 지내면서 알게 된 고양이라는 동물이 보여주는 절대 신공의 세계가 잠이다. 고양이는 자기 기분에 따라 밤을 꼴딱 새우며 돌아다니기도 하시만 한번 잠에 빠져들면 시간을 망각하는 정도로 깊게 잔다. 최근에 병원에 가는 일로 몹시 피곤한데다 주사와 강한 약 기운에 취해 오후인데도 거의 3시간 동안 쓰러져 잠든 적이 있다. 눈을 뜨니 어느 틈에 들어왔던지 냥이가 옆에서 나를 바라보고 있었다. 순간적으로 읽힌 '무슨 잠을 고양이보다 깊게 자?' 하는 의문의 표정, 그리고 나보다 높은 위치에서 내려다보고 있는 냥이의 시선이었다. 냥이의 눈에서는 꿀이 뚝뚝 떨어지고 있었다.

"냥이, 왜 이래?"

베개는 말 없는 예언자라는 말이 있다. 잠은 깊이 잘 수록 또 잠을 부른다. 그렇게 지속하다 보면 현실과 전혀 다른 감각이 들어온다. 이슬비에 옷 젖듯이 비는 없는데 옷이 젖는 느낌 그대로다. 고양이는 인간을 이해하는 나름의 방식이 있다. 바람에 몸을 실어 불현듯 움직이고 방해만 없으면 시곗바늘도 녹일 정도로 그의 잠은 깊은 심연을 거닌다. 우주의 심연으로 들어가면 동물과 식물, 자연 만물까지 언어가 없이도 소통하는 것이 가능하다. 인간의 언어는 의사 표현의 아주 작은 부분이다. 앎은 본질적이고 즉각적으로 심연에 꽂힌다. 그래서 고양이를 알려면 그의 잠을 바라보며 그의 조그만 코를 통과하는 바람이 들들거리는 소리에 귀 기울여야 한다. 그렇게 한참을 바라보면 자기도 모르게 고개를 주억거리게 된다.

여기, 한 조용한 친구가 잠들어 계신답니다!

가장 좋은 것은 좋은 것의 적이다

좋은 차는 좋은 사람과 같다.

_ 소동파

차는 반드시 차인과 마셔야 한다.

_ 황산곡

차에 대한 많은 명구 중에서 이 두 말이 참 좋다. 커피는 잔에
담긴 포용이라는 말도 좋아한다. 나도 여름이면 아이스 아메
리카노를 즐겨 마시지만 차가 담긴 따뜻한 잔을 가슴 가까이
끌어들이면 그 온기는 심장에 전이되어 사람의 마음을 부드럽
게 감싸주고 밝은 곳으로 이끈다. 차는 따뜻할 때 더 좋아진
다. 따뜻한 심장을 가진 온화한 사람이 좋은 것처럼. 로마에는
남의 일에 대하여 심하게 다투지 말라는 말이 있다. 취미나 기
호는 개인이건 집단이건 단정 지어 말하기가 어렵다. 무엇보다
논쟁거리가 될 수 없다. 특히나 모든 사람이 좋아하는 것을 혼
자서 비난하지 말라는 가르침은 소중하다. 한 사회의 관습이
만들어지는 데에는 많은 요소가 함께 작용한다. 따라서 한 사
회에서 무엇이 옳은가는 그 사회의 도덕률에 의해 결정된다.
마찬가지로 서로 다른 문화에는 서로 다른 도덕률이 존재한다
는 것을 안다면 우린 타자에 대해 더 유연한 자세로 이야기를
들어볼 용의를 가질 수 있다.

생명체는 어떤 정보를 축적해 왔느냐에 따라 고유의 생각과 감정을 갖는다. 삶을 당연시 하는 자세는 옳지 않다. 지구상의 백만 명이 밤새 일어나지 못했다. 남겨진 수백만 명에겐 그들의 소중한 사람이 세상을 떠난 것이다. 생은 짧고 유한하며 언젠가 죽는다고 생각하면 내면적으로 진정한 변화가 일어난다. 삶의 가치를 알고자 한다면 이 삶이 정말 짧다는 각성이 필요하다. 우주에 당연히 주어지는 일은 없다. 상상력은 지식의 크기와 비례하기 때문에 많이 아는 사람이 더 나은 의견을 제시하는 것은 당연하다. 교육 분야에서는 창의력을 많이 거론한다. 그렇다면 창의력은 어떻게 만들어지는가. 가능한 한 많은 연결성을 유지하는 게 창의력의 기반이다. 뇌 구조의 발달에 결정적 영향을 미치는 시기에는 누구나 동의하는 객관적인 내용만 가르쳐주는 게 좋다고 한다. 예를 들면 수학, 논리, 인권 같은 과목 위주로 배우고 나서 역사나 이념을 공부하는 식이다.

사람들은 인간의 마음은 항상 열려있다고 생각한다. 그건 착각이다. 마음은 거의 닫혀있다. 자물쇠는 오래 묵힐수록 녹이 슬어 잘 열리지 않고, 논밭을 방치하면 물기운이 모여들지 않아 흙이 산성화되면서 양분이 빠져나가 버린다. 그 토양을 되돌리려면 여러 해 동안 퇴비를 주면서 공을 들이지 않으면 안 된다. 마찬가지로 마음도 방치하면 묵는다. 이 몸 안에 기본적인 생명력은 아주 활발하게 뛰놀아야 한다. 생명력이 놀기를 멈추고 움직이지 않으면 끝이다. 개구쟁이가 장난치듯 노는 법을 다시 되살려야 한다. 삶을 전쟁하듯 사는 사람이 해탈에 이르렀다는 말은 존재하지 않는다. 삶을 가장 책임감 있게 사는 방식이란 인생을 갖고 장난스럽게 노는 것이다. 이 즐거움이 마음을 설레게 한다. 시험해보면 안다. 장난스러울 때 세상의 모든 것이 얼마나 기쁘게 반응하는지. 심각해서 좋은 일은 없다. 이 상태에서는 자기학대와 자기 파괴적인 헛된 생각들로 머리가 꽉 찬다. 행복하게 살 줄도 모르면서 깨우침을 목표로 할 수는 없지 않은가. 행복은 하나의 마음 상태가 아니라 우리 삶의 근간을 이루는 바탕이다.

하버드 의대 교수가 724명을 대상으로 75년간 진행한 인생발달연구 결과에 따르면 좋은 관계가 우리를 건강하고 행복하게 만든다고 한다. 한자 '人(인)'은 본래 사람이 서 있는 모습을 본뜬 상형문자인데, 두 사람이 서로 의지한다는 의미를 부각해 뜻글자의 관점으로 더 많이 이해되었다. 인간이 사회적 동물이란 말은 인간은 서로 의지해야 하고 또 상호 그럴만한 가치가 있음을 일깨운 말이라고 생각한다. 기댐이나 의지함은 나약하지 않고 오히려 좋은 관계를 만든다. 이 연구가 찾아낸 성과는 관계의 의미다. 관계는 사회적 연결이 중요하고 질도 중요하다. 티베트에는 햇빛을 바라는 것처럼 은혜를 갚을 친

구가 돌아오기를 바라야 한다는 가르침이 있다. 관계의 황금
률 같은 말씀이다. 밀레니엄 세대에게 인생의 목표를 물었더니
80%가 부자가 되는 것이라 답했고 젊은이의 50%는 유명해지
기를 바란다고 한다. 이 부푼 꿈을 잘 꿰려면 관계라는 바느질
을 어떻게 할 것인지 선택해야 한다.

　　지금의 나는 인생의 목표를 향해 돌진하는 나이가 아니
라고 생각한다. 그래서 지금까지 익히고 살아온 것을 정리하고
체계를 잡고 안심의 법문 속에서 현명하게 살아가려 한다. 이
렇게 목표를 정하고 나니 마음이 훨씬 가볍고, 지금까지는 진
지하게 생각하지 못했던 건강과 휴식과 여행도 진지하게 고민
한다. 잘 노는 것도 좋겠지. 그리고 삶의 마지막 공부는 유쾌함
의 철학으로 정했다. 그래서인지 요즘은 건강과 자족의 글들이
자연스럽게 눈에 많이 들어온다. 아일랜드에 전해지는 이야기
를 들어보라.

　　서서히 가라.
　　생각하는 여유를 가져라.
　　그것은 힘의 원천이다.
　　노는 시간을 가져라.
　　그것은 영원한 젊음의 비결이다.
　　독서하는 시간을 가져라.

고양이가 주는 행복
기쁘게 유쾌하게

그것은 지혜의 샘이다.

사랑하고 사랑받는 시간을 가져라.

그것은 신이 부여한 특권이다.

평안한 시간을 만들어라.

그것은 행복의 길이다.

웃는 시간을 만들어라.

그것은 영혼의 음악이다.

남에게 주는 시간을 가져라.

자기중심적이기엔 하루가 너무 짧다.

노동하는 시간을 가져라.

그것이 성공을 위한 대가이다.

자신을 베푸는 시간을 가져라.

그것은 천국의 열쇠다.

불교 경전에 "뱀이 물을 마시면 독을 만들고 소가 물을 마시면 우유를 만든다"라는 말씀이 있다. 좋은 인생을 위한 관계의 가치도 사람에 따라 전혀 다른 양상을 띤다. 시기와 질투, 쓸데없는 경쟁심, 그리고 나의 욕망을 맨 앞에 둔다면 관계를 지속할 수 없다. 충족된 욕망은 기쁨의 원천이지만 충족되지 않는 욕망은 모든 괴로움의 시작이 된다. 그렇다면 욕망을 완전히 충족하는 게 가능할까. 이를 깊이 고찰하다 보면 행복의 성질과 한계를 알 수 있다. 욕망의 성질은 '갈증'이라서 우리의 뇌는 항상 부족하다고 여긴다. 우리 내면에는 지금의 자신보다 좀 더 큰 무엇이 되고자 하는 갈망이 존재한다. 중요한 건 욕망을 의식하고 그럼으로써 우리를 좋은 곳으로 이끄는 마음의 프로세스를 만드는 거다. 가장 좋은 것은 좋은 것의 적이다. 세상의 모든 문제는 조금 더 좋자고 하는 데서 시작된다. 가을이 물들듯 지혜로 나를 물들이고 싶다는 생각을 줄곧 하고 있다.

행복은 하나의

마음 상태가 아니라

우리 삶의 근간을

이루는 바탕이다.

자신의 방식대로 승부를 걸라

11월의 마지막 주말, 날씨는 소강상태에 들었다. 겨울을 데려다 놓겠다는 듯이 거칠게 불던 바람이 잠잠해지자 햇살이 모이는 곳은 어디든 양지다. 화단에 공간을 만들어 시험 삼아 뿌려놓은 귀리도 햇살을 받아 파릇파릇하게 잘 자라난다. 아직은 냥이도 쵸코와 밀키도 귀리를 먹을 생각이 없는지 입질하지 않는다. 그리스 사람들은 밭이 아니라 한 해가 일한다고 한다. 산천의 모든 것이 다음 봄을 기약하며 한 해를 갈무리하는 이때 귀리가 열정을 보이고 있다. 다른 모든 것이 져도 귀리만큼은 푸르게 푸르게 봄의 전령처럼 겨울을 버틸 것이다.

　　뭐든 냥이보다 잘 먹는 이쁜이가 보이지 않은 지도 벌써 여러 날이 지났다. 이쁜이가 오지 않은 것이 아니라 왔어도 서로 동선이 어긋나서 보지 못했을 수도 있다. 큰절에 잠깐 다녀올 일이 있으면 이쁜이가 보일까 싶어 일부러 가는 길과 오는 길을 달리하여 살펴봤지만 허사였다. 점점 기온이 떨어지고 있다. 밥은 먹고 다니는지, 밤의 추위는 어떻게 견디는지, 이쁜이만 생각하면 걱정이 앞선다. 잘못하여 남의 영역에 들어가서 봉변이라도 당하는 것은 아닌지 자꾸 마음이 쓰인다. 이제 이쁜이는 자신이 투신할 곳을 찾아서 안착해야 하겠지. 아니면 쵸코와 밀키가 독립할 곳을 찾아 떠나면 다시 자신이 태어나 자란 탑전으로 돌아올 틈을 엿보는지도 모른다. 선택이 어려운 이유는 기회의 포착도 문제이지만 주저하는 동안 시간이 흐르면서 상황이 미묘하게 바뀐다는 점에 있다.

　어떤 인디언 부족은 딸이 시집을 갈 정도로 성숙해졌다고 생각하면 옥수수밭으로 데려가서 그곳에서 제일 좋은 옥수수 하나를 따오라고 한다. 이 특별한 관습에는 반드시 지켜야 하는 규칙이 있다. 한 번 지나온 길은 되돌아갈 수도 없고 지나친 옥수수 역시 다시 가서 가져올 수도 없다. 거의 모두가 옥수수를 따지 못한 채 밭의 끝에 도착해버리고 만다. 처음에 그녀들은 가장 잘 익고 모양도 예쁜 옥수수를 따기 위해 신중하게 살핀다. 하지만 다들 더 좋은 것, 더 괜찮은 것이 나타날 거라는 기대로 많은 옥수수를 그냥 지나쳐버리고 말았다. 이 의식이 끝나면 옥수수를 하나도 따지 못했더라도 그녀들의 내면은 더욱 깊어지고 성숙해진다고 한다.

　이 이야기는 많은 교훈을 던진다. 밭에 들어가자마자 옥수수를 따서 나오는 경우는 성급하다는 말을 듣기 쉽다. 옥수수를 알기엔 너무 짧은 길을 간 것이다. 더 좋은 것을 찾아 밭의 끝까지 가본 사람이라 하여 결정장애라고 말할 수는 없다. 그가 좋은 옥수수를 만나리라는 희망이 없었다면 끝까지 가볼 용기를 내지 못했을 것이다. 중요한 것은 옥수수가 아니라 이 행위를 통해 우리의 영혼이 어떻게 성숙해가는지 깨닫게 된다는 것이 이 이야기의 핵심이다. 선택은 기질의 문제이기도 하지만 어떤 길을 택하건 자신이 걸어간 길에 대하여 할 이야기는 넘쳐난다. 우린 그 삶을 이야기하면 된다. 그리고 그 이야기를 남길 수만 있다면 그의 체험은 후대의 사람들에게 하나의 예시로서 길이 만들어진다. 여기서 우리는 인간 윤리의 문제에 직면하지 않을 수 없다. 이 문제의 실마리는 인간의 여러 선택지 중에서 최고의 가치는 무엇인가에 대한 철학적 고찰이다. 윤리학은 사전적 의미로 인간의 행위에 관한 여러 가지 문제와 규범 등을 연구하는 학문이라고 정의된다. 결국 어떻게 살아야 하며, 그 행위는 어떻게 평가받을 수 있느냐의 문제가 모두 윤리의 범주에 든다. 윤리학(Ethics)은 그리스어 Ethos(에토스)에서 유래한다. 에토스는 원래 동물이 서식하는 장소, 축사, 집을 뜻하는 말이었으나 나중에 사회의 풍습, 풍조, 개인의 관습 또는 품성을 의미하는 말이 되었다. 서양에서 윤리학에 관한 책을 최초로 저술한 사람은 아리스토텔레스다. 그는 《니코마코스 윤리학》에서 윤리학은 인격에 관한 학문이라고 정의했다. 윤리는 시대의 변천에 따라 크게 네 가지로 나뉜다.

메타 윤리학 - 분석윤리, 윤리의 철학적 탐구
규범 윤리학 - 의무론적 윤리학, 목적론적 윤리학
의무론적 윤리학 - 칸트 윤리, 사회계약론
목적론적 윤리학 - 심리적 이기주의,
　　　　　　　　　윤리적 이기주의, 공리주의

인간사회의 도덕과 윤리는 그냥 제정된 것이 아니라 오랜 세월에 걸쳐 그 원리를 탐구한 결과로 얻어졌다. 예를 들어 한나라가 천하를 제패한 초기에 유방을 향해 육고가 한 말이 있다. "말 위에서 천하를 얻었다 하여 말 위에서 천하를 다스릴 수 있겠습니까?" 한고조의 시기만 해도 사람들은 예의범절을 몰랐다. 당연히 세상을 어떻게 다스리는 것인지 그때까지는 법률이랄지 모든 것이 미비한 상태였다. 육고는 나라를 통일한 지금부터가 정말 막중한 정치 역량이 필요한 때임을 말하고자 했다. 결국 나라를 다스리려면 질서를 세우고 그 질서 속에서 함께 번영된 삶을 살아가도록 이끌어야 하며 그 윤리적 가치를 일깨워야 한다. 이처럼 윤리의 적용 범위는 넓으면서 중요하다.

개인의 자유는 의무론적 윤리에서 제한받는다. 칸트 윤리는 인간의 순수이성 외에도 밤하늘에 빛나는 별과 같은 범우주적인 경외감이 나와 외물의 관계에 절도 있는 긴장감을 줌으로써 윤리적인 인간이 되도록 한다는 학설이다. 반면에 사회계약론은 개인이 속한 사회와 국가가 각 개인에게 안녕과 질서를 제공하고 개인은 공익을 위해 솔선수범할 의무를 진다. 세금이나 병역 등이 여기에 속한다. 목적론적 윤리는 개인의 행복할 권리가 모든 행위의 목적이 되어야 한다고 본다. '절대 다수의 절대 행복'이라는 공리주의의 주장을 누구나 안다. 이

공리주의 철학은 영국의 산업혁명 시기에 인간의 부에 대한 열망을 긍정하고 장려함으로써 인간 욕망에 대한 면죄부를 내렸다. 남보다 개인의 행복을 먼저 무한정 추구한다 해도 도덕적으로 비방받지 않을 권리이자 사회적으로 긍정함으로써 인간 사회의 부에 대한 자유를 주었다.

최근 한 기사에 의하면 전 세계 상위 1%가 세계 부의 50%를 차지한다고 한다. 반면에 전 세계 인구 7억여 명이 하루 한 끼 정도로 연명하는 현실이다. 이 극심한 부의 편중을 우리는 어떻게 이해해야 할까. 그런데도 이제는 누구도 개인이 부를 축적하고 소비한다 하여 심하게 비방할 수도 없는 세상이 되었다. 따라서 개인이 부호들처럼 살지는 못할지라도 나만의 방법으로 행복하게 살아가야 할 권리를 찾아내야 한다. 돈이 많다고 하여 반드시 행복한 것은 아니다. 또 돈이 넉넉지 않다고 하여 꼭 불행하지만도 않다. 문제는 행복의 질을 어떻게 가꾸느냐에 있다. 간단하다. 남의 눈을 따라가지 말고 자신이 잘할 수 있는 일에 자신의 방식대로 승부를 걸어야 한다.

어디서든 살아가는 이들에게 축복을

태어나는 것은 어쩔 수 없지만 살아가는 일은 개인의 선택이 큰 비중을 차지한다. 그 선택에도 운명적인 불가피함은 있다. 나는 속가 출입을 전혀 하지 않아서 군대에서 휴가를 받아 다녀온 것이 마지막이다. 그 휴가도 홀로 사셨던 고모할머니께서 돌아가셔서 갔다. 시골의 돌아가는 이야기는 아주 가끔 경찰을 하고 살아가는 막둥이 동생에게서 들어보는 게 전부다. 언젠가 동생이 흥미로운 이야기를 전해주었다.

이제 남도의 구석에 귀농한다고 일부러 들어가는 사람은 흔치 않다. 더욱이 목포에서 광주로 이어지는 남도 벨트에서 해남의 읍내를 거쳐 가는 교통로에서도 제외되는 완도나 땅끝으로 빠지는 지역은 인구 인입을 기대하기 어렵다. 이 마을엔 지방 문화재가 되었다는 윤씨 고택이 있을 정도로 고풍스러운 느낌이 없는 건 아니지만, 내가 태어나 자라는 동안에도 마을을 빠져나가는 사람은 있어도 새로 들어오는 사람은 기억에 없다. 그런데 40대의 젊은 부부가 마을 앞 벌판을 가로지르는 도로를 지나다 이 마을에 반해서 사내아이 둘과 함께 둥지를 틀었다.

이 동네는 달마산 뒤쪽에서 흘러나오는 맑은 물이 사행천을 만들어 마을 앞을 흐르면서 간척지를 지나 바다로 빠져나간다. 마을의 위쪽에 물을 가두는 작은 보가 하나 있어서 여름에는 어른 아이 할 것 없이 멱을 감고 논다. 물이 깊지 않아서 누가 빠져 죽었다는 말도 전해지지 않는 곳인데 젊은 부부의 사내아이 하나가 그 보에서 익사했다고 했다. 그 이야기를 들은 이후로 시골만 생각하면 생면부지의 그 가족이 연상되었다. 결과적으로 이 마을에 들어와 큰 아픔을 겪은 터인데, 그런 아픔을 남긴 곳이라면 뒤도 돌아보지 않고 떠나고 싶었을 텐데, 그 부부에게는 뭐가 그리 마음에 당겼을까. 아직도 그곳에 살아간다는 그 가족을 만나 따뜻한 위로를 해드리고 싶다. 이것이 운명의 한 예가 될지도 모른다. 내 눈에 좋아 보이고 내 맘에 끌리면 이겨내기 쉽지 않다. 이게 뭘까….

　　설마 사람이 살까 싶은 곳에서도 사람은 살아간다. 나는 이 사실이 반갑다. 누구든 자신이 잘 맞는 곳에서 살아가려면 두려움이 없어야 한다. 용기 있는 사람은 두려움이 없다. 두려움이 없는 사람은 걱정거리가 없고 걱정거리가 없는 사람은 행복을 느낄 수 있다. 그렇다면 인간 두려움의 근원은 무엇일까. 헤라클레이토스는 말했다. "하루는 어느 하루와도 같다." 이 말에 두려움을 극복하는 실마리가 있다. 나는 이 말에서 어떤 자연적인 삶이 갖는 힘을 느낀다. 하루하루가 다르면 지쳐서 살아남기 어렵다. 어제와 같은 오늘, 오늘과 다름없는 내일이 그려지지 않으면 평정심을 잃는다. 그래서 나는 시골의 들판을 보거나 물이 보여있는 수로를 지날 때면 한자 '平(평)'의 의미를 생각한다.

서울에서 내려와 지내기 시작할 때의 시골은 숨을 쉬지 않는 것처럼 활기가 느껴지지 않았다. 그러다 해가 거듭되면서 이곳저곳 지나는 길에 살펴보면 여전히 사람이 살고 있다는 반가운 생각이 들었다. 간혹 폐사지를 둘러본다고 지도를 펴서 시골 깊숙이 찾아 들어가 보면 사람은 어디에나 있었다. 농사가 어려운 곳은 꿀벌을 키우기도 하고 염소나 가축을 방목하여 살아가는 이도 있다. 예전에 비할 바는 아니지만 지금도 5일장이 서기도 했고, 초라해 보이기까지 한 면사무소가 있는 곳에는 의외로 많은 이야기가 살아있었다.

송광사를 중심으로 둘러보자. 우선 남쪽으로는 송광면사무소가 있고 고흥 방향으로 더 내려가면 벌교가 있다. 벌교로 넘어가는 중간 정도에서 왼쪽으로 빠지면 낙안읍성 마을이 있다. 그곳에서 승주 방향으로 올라가는 언덕에 낙안온천이 있다. 나는 외부에서 목욕을 해야 하는 경우 대부분 이 온천을 찾는다. 벌교는 고흥과 보성, 순천으로 이어지는 중간지점이고 기차가 지나기도 한다. 이런 곳은 당연히 사람이 많고, 그러다 보니 건달들이 활개를 친다. 예로부터 벌교에서 주먹 자랑하지 말라는 말이 있듯이 재미있는 곳이고, 조정래 선생의 《태백산맥》 무대라서 곳곳에 그 흔적이 남아있다. 다시 방향을 반대쪽으로 돌리면 광주와 순천을 연결하는 고속도로가 있다. 송광사-주암 IC로 들어가는 양쪽으로 창촌과 주암댐이 있는 광천이 있다. 광천에는 바둑중고등학교가 있고 다리를 건너면서 왼쪽을 보면 댐이 보인다. 이 댐은 목포, 광주, 순천, 여수, 광양 등지에 식수를 보낸다. 남도의 대부분 지역이 이 댐의 혜택을 본다. 다리를 건너 광천의 좁은 사거리를 중심으로 하여 오른쪽으로 순창-석곡, 직진하면 광주와 화순의 동복 방향이다.

　　이 사거리의 한약방 벽에 기대어 포장마차가 자리하고 있다. 들어선 지는 두 해쯤 된 것 같은데 환갑 정도 돼 보이는 아주머니가 삼복의 한여름을 제외하고는 붕어빵과 어묵을 팔았다. 붕어빵은 천 원에 두 갠가 했다. 돈은 주인에게 주는 게 아니라 손님이 직접 종이 박스에 넣고 거스름돈도 손님이 알아서 챙긴다. 주인이 없을 때도 손님이 박스에 돈을 넣고 붕어빵을 가져가면 된다. 주위의 관공서 직원들은 물론이고 일부러 차를 세우고 사 먹는 사람들도 있었다. 나도 이곳을 지날 때면 군것질 삼아 사서 먹곤 했는데 순서를 기다리다 못해 그냥 지날 때도 있지만 따끈따끈한 붕어빵을 먹는 즐거움 때문에 그냥 지나치기엔 뭔가 섭섭함이 남아서 되도록 기다렸다가 사서 맛을 본다. 이 포장마차에도 변화가 생겼다. 올가을 장사부터 붕어빵 대신에 호떡을 팔기 시작했다. 아직 호떡은 맛보지 못했다. 직접 만든다는 식혜와 호떡 한 개 정도면 행복하게 먹을 수 있겠다고 생각한다.

　　이 변변찮은 시골 면 동네의 사거리에서 포장마차를 이

끌고 살아가는 주인 아주머니를 보면 삶이 넘쳐난다. 그의 이야기를 들어보고 싶어도 장사에 방해가 될까 하여 실행에 옮기지는 못했다. 이분 외에도 눈에 띄는 분들이 적지 않다. 외진 시골에는 아직도 누군가의 어머니이고 누군가의 아버지인 이들이 살아가고 있다. 그들에게도 삶의 기쁨이 있어야 하고 자신과 화해하려는 노력이 있어야 한다. 원망하는 마음을 털어내지 못하면 선뜻 삶의 현장에 밝게 나서지 못한다. 현재는 현재니까. 당장은 먹고 살아야 하는 절박함을 생각하면 용기를 내야 한다. 자신과 화해하지 못하면 영혼의 치유는 요원하다. 《시경》의 노래를 불러드린다면 위로가 될까.

부드러운 동풍이 불어오더니
어느덧 흐리고 비가 내리네.
마음과 마음으로 살아온 나날
이제 와서 노여워하면 안 되지.
무와 당근을 캘 때
뿌리는 보지 않고 잎새만 보듯
내 깊은 사랑을
저버리지 않았다면
당신과 죽도록 해로하련만.

누구를 향한 원망이고 회한일까. 마음과 달리 백년해로하지 못한 아쉬움이 묻어난다. 그렇다고 원망하는 마음까지는 읽히지 않는다. 노여워하는 마음을 이미 거뒀기 때문이다. 불운을 견뎌낸 자가 행운이 무엇인지 가장 잘 안다고 했다. 외진 곳에서 살아가는 모든 분에게 축복이 있기를!

원망하는 마음을

털어내지 못하면

선뜻 삶의 현장에

밝게 나서지 못한다.

만남도 머무름도 헤어짐도 귀한 인연이다

새벽마다 창가로 다가와 아침을 알리던 새소리를 듣지 못한 지가 여러 날 되었다. 겨울을 향해 빠르게 치닫던 날씨도 잠시 쉬어가려는 건지 따듯한 햇살이 종일 머물렀다. 간밤에는 이쁜이가 두 번이나 왔었다. 초저녁에 왔을 때는 통조림을 찾는 사이 어미의 울음소리를 들은 쵸코와 밀키가 통로를 뛰어오는 것을 보고는 그대로 담을 넘어 사라져버렸다. 아직 통조림을 열기도 전이어서 한 입도 먹지 못한 터라 못내 아쉬웠다. 보통 서너 달이 지나면 서로 알아보지 못하던데 이 녀석들은 어미를 잊지 못하고 있다. 누가 먼저랄 것도 없이 이쁜이의 소리만 들리면 쵸코와 밀키가 순식간에 나타났다. 나는 새끼들이 보이면 자취를 감춰버리는 이쁜이의 행동이 이해되지 않았다. 만약 아무 감정이 없다면 그렇게 행동하지 않겠지. 어떤 방향으로건 이쁜이에게도 새끼들에 대한 생각이 남아있기 때문에 의도적으로 피하는 듯한 반응이 나오는 것은 분명해보였다.

이쁜이가 다시 나타난 것은 삼경을 알리는 종이 울린 지 한참 지난 시각이었다. 배가 고파 다시 온 거다. 북어 트릿 조각을 먼저 던져주고는 이쁜이가 먹는 틈을 타서 얼른 통조림을 열어 그릇에 담아 내밀었다. 이 녀석은 그래도 오랜 시간 같이 지낸 정이 있어서인지 나를 보고 놀라거나 도망가지 않고 잘 먹는다. 냥이는 입맛이 까다로워 가리는 게 많지만 이쁜이는 식성이 좋아서 내가 챙겨주는 건 뭐든 먹었다. 다만 이쁜이가 쵸코와 밀키를 마주치지 않고 편하게 먹고 갈 방법을 찾는 것이 숙제였는데 마침내 좋은 방법이 떠올랐다. 이쁜이가 나타나면 먹을 걸 챙겨주기 전에 먼저 통로의 출입문을 닫아버리면 될 듯했다. 실제로 효과가 있었다. 두 녀석이 어미가 온 것을 알고 나오려고 했지만 닫힌 문을 긁으며 야옹거릴 뿐 나올 수 없었다. 이쁜이는 녀석들이 눈앞에 없으니 편안하게 그릇을 비우고는 앞뒤로 몸을 쭉쭉 늘이더니 마당을 가로질러 어둠 속으로 사라졌다.

바람이 없어서인지 햇볕이 내려오기에는 이른 시간인데도 사뭇 포근한 느낌이 드는 아침이었다. 냥이와 함께 뜰에 나가 귀리 싹을 살펴보는 사이에 이쁜이가 모퉁이를 돌아 나왔다. 이쁜이는 냥이와 코를 부딪치며 아침 인사를 나눴다. 예전에는 아침에 냥이를 보면 이쁜이가 얼굴이며 목덜미를 핥아주곤 했지만 지금은 그럴만한 마음의 여유는 있지 않았다.

"이쁜이가 오늘은 일찍 왔네. 많이 춥지."

나는 빨리 오라는 손짓을 하고는 얼른 통조림을 꺼내준 다음에 통로의 문을 닫았다. 아직 이른 시간이어서인지 두 녀석은 기척이 없었다. 이쁜이는 체하면 어쩌나 싶을 만큼 허겁지겁 그릇을 비우고는 온다 간다 말도 없이 마당을 돌아 사라졌다. 그래도 탑전이 자기가 태어나 자란 곳이고, 선석으로 나에게 의지하여 먹고 살았기 때문에 잊지 않고 나를 찾아오는 이

기특한 녀석을 놓을 수가 없다. 처음에는 당황스럽기도 하고 매번 마지막 먹는 밥이 아닐까 하는 걱정이 있다. 그러나 이제는 가도 다시 온다는 생각으로 덤덤하게 대하려고 한다.

이쁜이처럼 탑전에서 지내지는 않지만 안부가 궁금한 고양이가 있다. 온천냥이다. 주암의 광천을 지나 직진하여 산 중턱의 터널을 지나면 동복이 나온다. 이 길은 길 양쪽으로 붉은색 꽃이 피는 배롱나무가 자라 있다. 전에는 동복에서 화순 방향으로 가면 탄광이 있었다. 오른쪽으로 차를 돌려 나아가면 백아산이 나온다. 여순사건 시기에는 이곳 백아산까지 전선이 형성되었다고 할 만큼 거친 산이다. 백아산과 주변의 낮은 산에서 흘러나온 물이 동복천을 이룬다. 이 실개천이 지나는 마을들이 여럿이어서 농사에 끌어 쓸 물을 가두는 콘크리트 보가 여러 개 만들어져 있다. 길은 직진 방향의 옥과와 화순온천이 있는 적벽 지역으로 꺾이는 삼거리에 이른다. 여기에서 적벽 방향으로 좌회전하여 농로 사이의 동복천과 나란히 선 단풍나무 가로수 길을 지나면 화순온천이 나온다. 이 온천을 중심으로 하여 여러 마을이 있고 농협마트가 주유소와 함께 지역의 사랑방 구실을 한다. 이 마트 입구 옆 벽면에 박스와 사료 그릇이 놓여있다. 바로 여기에 내가 항상 잊지 못하는 온천냥이가 산다.

온천냥이는 두세 해 전에 인연이 되었다. 나는 탑전에서 가까운 낙안의 온천을 주로 다니지만 광주에 다녀오는 길이라면 화순의 온천에 들른다. 온천을 하고 나와서 마트에 들렀는데 웬 고양이 한 마리가 사람을 보고도 피하지 않고 연신 울어댔다. 먹을 것을 달라는 울음이었다. 그 무렵엔 이미 탑전에서 냥이와 지낸 지 두 해가 되어가는 즈음이라 어느 정도 고양이들의 마음을 짐작할 수 있을 때였다. 난 마트에 들어가서 소시지와 생수를 사서 빈 스티로폼을 물그릇 삼아 가득 따라주고 소시지도 큰 것으로 두 개나 비닐을 벗겨 내밀었다(동물에겐 염분 음식이 최악인데 당시엔 그렇게밖에 할 수 없었다). 고양이가 먹는 모습을 지켜보다가 경악했다. 처음엔 야지에서 지내느라 온갖 때에 찌들어 그렇게 보이려니 했는데 자세히 보니 뺨에서 목으로 이어지는 부분에 피딱지가 잔뜩 붙어있었다. 조심스레 목을 들쳐 보니 상처가 넓고 깊게 파여 있었다. 탑전의 냥이도 처음엔 밤에 나갔다 오면 어디든 다쳐오는 날이 많았다. 내가 하루도 거르지 않고 빗질을 해주는 이유도 그렇게 하면서 어디 다친데는 없는지 살펴보려는 의도이다.

　　나는 외면할 수 없었다. 그냥 지나치기엔 너무나 심하게 다쳐 있었기 때문이다. 병원에 데리고 가야 했지만 사정이 그렇지 못해 급한 대로 리조트의 매장에 가서 장갑과 면봉, 그리고 사람의 상처에 바르는 연고를 사서 서둘러 고양이에게 갔다. 생김새도 탑전의 냥이와 비슷한 수고양이였다. 나는 고양이가 놀라지 않도록 가만가만 상처 부위를 들추며 연고를 발랐다. 고양이는 순해서 거부하거나 도망가지 않고 얌전히 엎드려 손길을 받아들였다. 1시간 정도 약이 스며들기를 기다렸다가 다시 한번 연고를 발라주고 돌아왔다. 다음날 냥이를 위해 상비약으로 가지고 있던 고양이용 연고를 들고 다시 온천으로 갔다. 냥이가 먹는 사료와 창고에 묵히고 있던 통조림도 챙겼다. 경험한 바로는 동물 상처에 바르는 연고의 효과는 탁월하다. 사람의 찰과상에 쓰는 연고도 나름으로 효과가 있었는지 이 고양이는 하루 사이에 상처가 제법 진정되어 있었다. 통조림과 사료를 듬뿍 담아주고는 다 먹기를 기다려서 다시 치료해주고 티슈로 눈과 귓속까지 깨끗이 닦았다. 야지의 고양이를 보면 귓속을 닦아주고 싶은 마음이 간절하다. 다른 부위는 스스로 닦거나 다른 고양이가 있으면 서로 핥아서 도움을 받을 수도 있지만 귓속은 쉽지 않다. 난 마트의 직원에게 종이 박스를 얻어서 테이프로 단단히 봉하여 집을 만들어주었다. 그동안 마트의 폐박스 더미나 처마 밑에서 지내던 녀석에게 처음으로 마련된 집이었다.

그렇게 하루걸러 찾아가서 상처를 치료해 주었더니 보름이 지났을 무렵에는 상처가 거의 아물었다. 하지만 인근 마을의 고양이들과 혈투를 벌이는지 갈 때마다 성한 날이 없어서 보기가 괴로웠다. 그래도 왠지 건강하게 잘 자랄 것 같은 예

감이 들었다. 이 염원이 실제로 통했는지 모르겠지만 놀랍게도
어느 순간부터 온천냥이는 다치지 않았고 덩치가 커지기 시작
했다. 귓속을 닦고 털을 빗겨주면서 만져보면 이 고양이는 탑
전의 냥이보다 뼈대가 굵고 힘이 좋았다. 나는 화순의 온천에
갈 때마다 통조림을 여러 통 사서 하나는 온천냥이에게 주고
여분은 마트에 맡겨 온천냥이가 오면 그때그때 먹이도록 부탁
을 했다. 한 스님이 고양이를 애틋하게 돌봐준다는 것을 알게
된 마트와 주유소의 농협 직원들도 온천냥이를 아껴주기 시작
했다. 가정에서 자녀들을 키울 때 유념해야 할 것은 집에서 사
랑받아야 밖에서도 사랑받을 수 있다는 사실이다. 이 고양이
는 사람을 잘 따르고 붙임성이 좋아서 시간이 지나도 아끼고
보살피는 사람들이 이어졌다. 내가 고양이에 관한 책을 쓰기
도 했고 온천냥이의 이야기가 여러 사람에게 알려져서 지금은
광주의 한 모녀가 매주 이 녀석에게 먹을 것을 주려고 일부러
찾아온다고 들었다. 나는 감사하다는 말씀과 함께 냥이 책을
선물로 전해드렸다. 이제는 나 말고도 챙겨주는 분들이 있어서
예전처럼 자주 보지는 못해도 적잖이 마음이 놓인다.

　　언젠가 한번은 온천냥이를 보는데 문득 온몸에서 행복
한 기운이 느껴졌다. '이 녀석이 지내기 좋은가 보구나' 했다.
내가 가서 부르면 강아지처럼 멀리서부터 뛰어오기도 하는 이
녀석을 나는 꿈에서 세 번이나 보았다. 하루는 광주에서 들어

오는 길에 일부러 온천 방향으로 돌아온 적이 있었다. 날은 이미 어두웠고 마트 앞에 온천냥이는 보이지 않았다. 건물 주위와 주유소까지 온천냥이를 부르며 찾았지만 나타나지 않았다. 할 수 없이 돌아서려고 차를 돌리는 찰나 개천 너머 인가의 담벼락 근처에 모습이 비슷한 녀석이 눈에 띄었다. 직선거리로도 거의 백 미터는 됨직한 거리였다. 자동차의 라이트를 그곳으로 향하게 하고는 차 문을 열고 밖으로 나가 "냥이, 냥이" 큰소리로 외쳤다. 순간 그 녀석이 움찔거리는 몸짓을 하더니 실개천을 가로질러 난 포장 다리를 질주하여 뛰어왔다. 얼마나 단숨에 달려왔던지 가쁜 숨을 몰아쉬는 녀석의 얼굴과 양쪽 귀를 쓸어주며 한참을 놓지 않고 만져주었다. 먹을 것을 주고 털을 빗겨주고 나면 온천냥이는 자동차 구석구석에 몸을 쓸고 다니다가 시멘트 바닥에 누워서 내가 더 만져주기를 바랐다.

"차 위험하니까 길 건널 때는 조심해. 싸우지 말고 잘 지내고 있어. 맛있는 통조림 들고 또 올게. 에구 이 녀석!"

한참 같이 놀아주다가 불빛도 들지 않는 삭막한 농협 건물의 어둠 속에 남겨두고 돌아오는 길은 가슴이 미어졌다. 백미러에서 온천냥이가 사라지는 동안 차를 서서히 움직였다. 흑막처럼 어둠이 짙어지고 모든 것이 빠르게 사라지고 나서야 속도를 올렸다.

혁명은 변방에서부터 시작된다

들소가 사라지자 우리 부족의 가슴은
무너져 내리고 말았다.
이제 다시는 추수를 수가 없다.
그 이후로는 아무 일도 일어나지 않았다.
어디에서도 노랫소리가 들리지 않았다.

_ 인디언 크로족

땅이 땅다워지려면 사람이 살고 있어야 한다. 사람이 없으면
땅도 생기를 잃고 폐허처럼 변하고 만다. 지구라는 이 행성의
생명을 이어갈 사람이 사라진다면 그 손실을 메꿀 길이 없다.
누군가는 세상 어느 곳이건 살아가야 하고 그럴 사람이 있다
면 그곳은 아직 희망이 있다. 인디언들의 삶은 백인들에 의해
처참히 파괴되었다. 그뿐인가. 그들과 함께 살아가던 들소와
가축들도 똑같이 사라졌다. 자연은 재생될 수 있어야 생명력
이 유지된다. 회복 불가능한 상태에 빠졌다면 희망도 없다. 아
무 일도 일어나지 않았다는 말이 두렵기 짝이 없다. 사람이 살
아가는 땅이라면 노래가 있고 일이 끊임없이 일어난다. 하지만
생명이 없는 땅엔 적막만이 차고 넘친다. 그건 이미 끝났다는
뜻이다. 그래서 사람이 살고 있는 곳은 어디라도 희망이 있고
웃음이 있고 이야기가 있다. 해마다 빈집이 늘어가고 시골에
사는 사람은 갈수록 줄어들고 있다. 이런 현실에서 뜻밖의 이

상향을 만났다. 전혀 기대하지 않았던 곳에 사람들이 모여 살아가고 있었다. 이서에서의 일이다.

지난가을 그곳으로 들어가게 된 것은 우연한 계기에서 비롯되었다. 나와 D 스님, Y 스님 이렇게 셋이 바람도 쐴 겸 폐사지 한 곳을 둘러보자던 약속이 이뤄졌다. 폐사지를 보고 화순온천에서 온천욕을 하고 나오자 오후 3시 정도가 되었다. 두 스님은 이곳의 지리를 잘 모르고 있었다. 나는 평소 이곳을 지날 때 보았던 식당의 안내판이 생각났다. 뽕잎 수제비를 먹고 가면 어떻겠냐고 제안을 했더니 모두 동의했다. 식당으로 가는 길은 산길처럼 좁은 이차선 도로에 오가는 차도 거의 없어 마치 외국의 국립공원에 들어가는 듯한 느낌을 자아냈다. 그 길의 왼편으로는 무등산에서 발원하는 맑은 물이 모여드는 식수 원지가 관리되고 있다. 과연 이런 깊은 곳에 무슨 오가는 사람이 있어서 식당을 한다는 것인지 의문이 들면서도 계속 나아가자 갑자기 사방이 탁 트인 넓은 공간이 드러나면서 촌락이 눈에 들어왔다.

식당에 들어간 우리는 수제비와 칼국수를 주문하고 김치전도 함께 먹었다. 그때 고양이 한 마리가 입구에서 음식 냄새를 맡고서 계속 울어댔다. 주인 얘기로는 길고양이라 했다. 딜리 줄 것이 없어 전이라도 줄까 싶어 뜨겁지 않게 호호 불어서 내밀었더니 냉큼 받아먹었다. 굶주린 동물에게 좋고 나쁜 걸 따질 수 없지 않은가. 난 반쯤 남은 전을 가지고 나와 깨끗한 돌 위에 놓아주었고 고양이는 부스러기 하나 남기지 않고 먹었다. 그러고는 길 건너로 사라졌다. 식당에서 나오자 커피와 빵을 파는 가게가 눈에 띄었다. '이런 깊은 골짜기에 누가 찾아온다고 장사를 할까.' 호기심이 발동한 우리는 뭐든 먹어보자고 뜻을 모았다. 커피와 소보로빵, 단팥빵, 그리고 올리브 식빵까지 주문했다. 가게에는 40대로 보이는 여주인 혼자만 보였다. 우리는 가게 앞의 테이블에 앉아서 주문한 커피와 빵을 먹었는데, 앞 벽면에 붙어있는 글귀가 좀 짜릿했다.

혁명은 변방에서부터 시작된다.

_ 레닌

자신의 길을 걷는 사람은 누구나 영웅이다.

_ 헤르만 헤세

"와, 거창하네요." 내가 감탄의 말을 했더니 여주인은 가볍게 웃었다. 탑전으로 돌아와서도 가끔 그 가게 벽면에 붙은 레닌의 말이 생각이 났다. 그리고 그 깊은 곳에서 기쁘게 살아가는 사람들의 이야기를 써보고 싶었다. 근 일 년을 보내고서야 드디어 실행에 옮기게 되었다. 이번엔 나 혼자였다. 일행 없이 그곳을 다시 찾아 나선 건 마을을 꼼꼼하게 살펴보고 가능하다면 주인과 이야기를 나눠보고 싶어서였다. 마을의 정확한 지명은 화순군 이서면 야사리다. 마을에 들어서면 한눈에 봐도 옛 학교의 교정이었던 공터가 나오고, 공터에는 영험한 모습을 자아내는 느티나무 두 그루가 서 있다. 수령이 거의 4백 년이 되는 마을의 당산나무이기도 해서 지금도 해마다 당제를 모신다는 걸 표지판에서 읽었다. 이 마을은 방석부 5일장이 설 만큼 인구가 적지 않았는데 1984년에 동복수원지의 댐을 만들면서 마을이 수몰되어 외진 이곳만 남았다.

빵집에 다시 찾아간 날은 부부가 함께 가게에 나와 있었다. 그날따라 가게는 손님으로 북적였다. 단팥빵과 소보로빵을 수십 개씩 사 가는 사람이 여럿이어서 주문을 받고 포장하고 계산하며 부부가 분주하게 움직였다. 시간이 조금 지나자 가게는 점차 한산해졌고 나는 커피와 통밀빵 한 봉지를 주문한 뒤 가게 밖 의자에 앉았다. 시간이 되면 이야기를 나누고 싶다고 했더니 고맙게도 남자 주인이 시간을 내주었다. 나는 마주 앉은 그에게 냥이의 책을 드리면서 저간의 사정을 설명했고, 이어진 그와의 대화는 소소한 재미와 감동이 있었다.

그는 원래 순천 사람이었고 서울에서 학교를 마치고 결혼하여 부부가 함께 귀농했다. 처음엔 유기농 계란을 광주에 내다 파는 일을 하다가 실패하고 두 번째 사업도 실패하였지만 포기하지 않았다고 한다. 벽면에 붙여놓은 레닌의 말은 스스로 버텨내자는 일념을 상징하는 말이라 했다. 세 번째 도전은 빵집이었다. 메인 재료인 계란과 뽕잎을 확보하였으니 성공한다는 확신이 있었고 이곳에 가게를 열었다. 가게의 이름이 '시골빵집 누룩꽃이 핀다'인 것만 봐도 누룩으로 밀가루를 발효하여 만든 빵임을 알 수 있다. 커피는 전자레인지에 구워내는 방식이라는데 특징을 짚어낼 정도의 맛은 느껴지지 않았다. 판매량을 물었더니 수익이 어느 정도는 창출되는 규모였다.

부부는 이곳에서 빵만 파는 게 아니었다. 가게 앞에는 야사마을 시골 장터라 하여 마을에서 생산한 농산물을 진열해 빵을 사러 온 손님들이 구매할 수 있도록 했다. 가게에 손님이 늘수록 마을 사람들에게도 이익이 되는 구조였다. 70호 정도 되는 이 마을이 자신의 빵집을 중심으로 확장되었다고 자랑스럽게 말할 만했다. 또한 폐교에서 마을의 초등학생 12명을 대상으로 방과 후 교실을 진행하고 외부인을 대상으로 한 체험학습 프로그램인 뽕모실 커뮤니티센터를 운영하고 있었다. 자연스럽게 마을 사람들에 대한 이야기로 옮겨갔다. 야사마을 입구에 들어서면 제일 먼저 보이는 고택은 조선 4대 실학자 중 한 분인 규남 하백원 선생의 기념관을 겸하고 있다. 규남 선생의 영향인지 이 마을에는 목공예를 하는 분도 있고 도로 건너편의 농기구 수리점은 거의 모든 기계를 고칠 수 있다고 했다. 또 모두 부지런하여 겨울에도 누에를 치는 등 잠시도 쉬지 않고 일을 하는 특별한 마을이라고 자랑했다.

얘기를 더 듣고 싶었지만 효모를 발효하는 일은 타이밍이 중요해서 다시 일하러 들어가야 한다고 했다. 가게 안을 보니 여주인이 바삐 움직이고 있었다. 나는 고맙다는 인사를 하고 일어섰다. 그의 얘기 중에 나왔던 목공예 하는 곳을 보고 싶어 알려준 방향을 따라 마을 안쪽으로 들어가 보았으나 집들이 비슷비슷하여 찾지 못했다. 훗날을 기약하고 돌아 나와서 규남 박물관으로 들어갔다. 내방객도 관리인도 보이지 않았다. 마당을 중심으로 사당과 안채, 그리고 관련 자료를 전시하는 집이 전부였고 영당 옆에 기념비 한 기가 서 있다. 그리고 담장을 따라 오죽이 자라고 있었다. 위패가 모셔져 있을 것으로 생각되는 영당에는 이런 뜻의 주련이 걸려있었다.

농공상업이라 하여 배우지 않을 것인가.
사물의 이치를 탐구하고 심성을 살피라.
선생의 영농의 정신을 밝혀
청소년에게 계계승승 이어지게 하라.

이 글만 봐도 선생의 실학자로서의 면모를 짐작하겠다. 실학은 18세기를 전후하여 중국의 성리학적 질서를 극복하려는 우리 문화에 대한 독자적 인식을 강조한 정신 사조다. 이는 근대 지향적 특성을 지닌 것으로 북학파의 실학사상은 19세기 후반 개화사상으로 이어졌다. 성리학의 폐단과 조선 후기 사회의 각종 부조리를 개혁하려는 현실개혁 사상이었다.

　　나는 늦가을의 흐린 하늘 아래 고독한 혼령처럼 서 있는 느티나무 곁으로 다시 걸어갔다. 벼랑에 핀 꽃가루는 벌집에서 꿀이 되고 들풀의 자양분은 사향노루 배꼽에서 사향이 된다. 인간 사회의 사상은 세월이 흐르면서 사라지는 것이 있는가 하면 반대로 더욱 정제되어 사회변혁의 동력으로 생명력을 얻어가는 경우도 있다. 그런 면에서 실학은 세계적인 근대화로의 추세에서 보조를 맞춰가고 있었다고 생각해볼 수 있다. 자동차의 내비게이션 안내를 따라가면서도 길을 제대로 찾아가고 있나 하는 의문이 들 정도로 깊은 마을. 이 화순의 별천지에서 민중의 물리와 심성의 원리적 탐구를 외쳤던 신지식인의 삶은 야사리의 밤하늘에 별이 되어 그 이상향의 땅을 비추고 있으리라는 생각이 들었다. 그리고 혁명은 변방에서 시작된다는, 개체에서 전체로 나아가는 힘에 대한 믿음이 고맙게 느껴졌다. 인간 이상향의 가슴 뜨거운 동경을 맛볼 수 있는 곳을 찾는다면 야사리의 느티나무 아래가 제격이다.

바가바드기타를 읽는 오후

날이 흐려서, 이런 날은 눈이 와야 하는데 했다. 소설에 대설까지 지나고 동지가 턱밑까지 다다랐다. 우물에 떨어지는 돌덩이가 바닥에 닿으면 더는 내려가지 못하고 멈추듯이 동지가 그렇다. 동지에 다다르면 저절로 가는 시간이라 하여 더는 뚫고 들어갈 자리가 없다. 그래서 동지가 되면 다시 솟아오르는 첫발을 떼게 된다. 이번에는 겨울 준비를 단단히 했다. 탑전의 월동 준비는 파초가 얼지 않게 하는 것이 가장 우선이다. 사리탑 올라가는 계단 양쪽과 위채로 올라가는 중앙 계단의 양쪽, 그리고 냥이의 장미정원에 있는 것까지 다섯 군데의 파초 밑동을 자르고 낙엽을 채워 짚으로 동그랗게 덮어 지붕을 만들어주면 된다. 이 일은 큰절의 처사들이 연례행사처럼 해준다.

　　짚으로 조그만 동산이 만들어지자 신이 난 것은 쵸코와 밀키였다. 지푸라기의 긴 줄기를 묶어 만든 이것은 한눈에 봐도 쥐가 숨어있기 좋아 보인다. 그리고 이 지푸라기 더미는 더없이 푹신하여 어린 고양이 두 마리가 장난을 치며 놀기엔 최적의 장소였다. 두 마리가 원뿔처럼 생긴 지푸라기 더미를 헤치며 장난을 치면 마치 그 소리가 더미 속에 쥐가 들어가 있는 듯한 소리를 만들어내기 때문에 지루한 줄 모르고 정신없이 노는 것이다. 하지만 냥이는 그 정도로는 놀이에 끼어들 생각이 없는지 둘이 노는 모양을 물끄러미 지켜볼 뿐이다. 처음엔 대수롭지 않게 여겼는데 며칠이 지나자 두 녀석이 헤쳐놓은 지푸라기가 바닥에 어지러이 뒹굴었고 이것이 바람을 따라 뜰과 마당을 어지럽혔다. 나는 창고에서 나일론 줄을 꺼내 단단히 묶어주고 밑단은 돌로 눌렀다. 쵸코와 밀키는 밤이건 낮이건 둘이 눈만 맞으면 지푸라기 속을 파며 장난을 했다. 사람도 어릴 때는 소꿉놀이도 하고 전쟁놀이도 하며 자라듯이, 지켜본 바로는 이 조그만 동물도 생후 수개월이 되어가는 이때가 가장 장난이 심했다. 오죽 장난이 심했으면 나무라기도 했다.

"쵸코, 밀키. 장난이 너무 심해!"

하지만 이 녀석들은 호기심이 많아서 온종일 붙어 다니며 즐겁게 지냈다. 그래도 이 모습이 싫지 않고, 어미 없이도 저희끼리 서로 의지하여 살아가는 것이라 잘 자라기만을 바랄 뿐이다.

세상에는 세 부류의 사람이 있다.

부정적인 사람
긍정적인 사람
지혜로운 사람

부정적인 사람은 마음속의 희망도 적다. 인간은 희망이 없다 싶으면 함부로 행동한다. 희망이 조금이라도 있다면 대충 살아가지 않는다. 이 부정적인 마음은 전이가 강해서 옆에 있으면 물든다. 반대로 긍정적인 사람은 그래도 삶의 에너지가 있다. 그렇지만 자기의 판단 없이 무작정 맹목적인 것은 바람직하지는 않다. 인도 고대 우화집인 《판챠 탄트라》에는 이런 이야기가 있다.

다람쥐 두 마리가 밤나무 밑에서 놀고 있었다. 그러면서 만일 이 세상이 무너져버리면 어떻게 될 것인지 이야기를 나누었다. 그 순간 굵은 밤 한 톨이 떨어졌다. 다람쥐들은 이 소리를 듣고 세상이 무너진다고 생각하고는 달아나기 시작했다. 다람쥐 두 마리가 달리는 것을 본 토끼가 따라 달리기 시작했다. 숲에서 놀던 사슴도 달리고 늑대도 달렸다. 이 광경을 본 사자가 그들을 멈춰 세우고 이유를 물었다. 동물들은 이구동성으로 세상이 무너지고 있다며 함께 도망가자고 했다. 사자는 일이 잘못되었음을 알아챘다. 그래서 그들에게 누가 세상이 무너지고 있는 것을 보았는지 물었다. 그들은 역순으로 자신이 들은 것을 말했고 마지막으로 다람쥐에게 물었다. 다람쥐는 자신이 분명 들었다고 하면서 같이 가보자고 했다. 다람쥐가 놀던 자리에 가보니 커다란 밤톨 하나가 뒹굴고 있을 뿐이었다.

긍정의 예로 삼는 이 이야기는 무턱대고 맹종하는 위험을 말한다. 결국 모든 일은 지혜로운 판단이 이뤄질 때 안락하고 높은 가치를 지닌다는 교훈이다. 지혜롭게 살려면 배우고 성찰하고 탐구하는 자세가 필요하다. 그 방법 중의 하나가 명상이다. 《바가바드기타》에서는 명상의 자세를 이렇게 말한다.

명상을 하는 이는
너무 많이 먹거나
너무 적게 먹어서는 안 된다.
또한 너무 많이 자거나
너무 적게 자서도 안 된다.

알맞게 먹고
알맞게 쉬고
알맞게 일하고
알맞게 자는 사람은
명상의 부단한 수련을 통해서
이 고뇌의 불길을 잡을 수 있다.

알맞음은 중용과 같다. 결코 지나치지 않는 자세, 그리고 알맞을 때에 멈추는 것이다. 명상을 하고 마음을 다스리는 사람은 이 알맞음을 기억해야 한다. 더 먹고 더 자고 더 논다고 하여 달라질 것은 없다. 결국 육신의 혹사만 있을 뿐이다. 모든 병은 장에서 시작된다. 우리의 장기는 연약한 근육과 조직으로 되어 있다. 과식을 하고 독한 술을 마시고 몸에 해로운 음식을 먹는 행위는 우리 몸에 대한 학대와 같다. 지나치게 맵고 짠 음식도 정도를 벗어난 것이다. 나이가 들고 육신의 힘이 떨어지는 나이가 되면 육신을 함부로 대했던 회한이 들지 않을 수 없다. 하지만 그때는 이미 늦다.

　　나는 고양이가 살아가는 모습을 지켜보면서 매사 '알맞게', '지나치지 않게'의 철학을 생각한다. 냥이의 습성 중에서 으뜸은 마음의 평정을 유지하는 방법이다. 흔히 고양이를 독립적이라고 한다. 무리를 짓지 않고 혼자서 움직이기 때문에 그렇게들 말한다. 하지만 사람의 독립성과는 차이가 있다. 사람은 독립적인 생활이라 하면 남에게 영향받지 않는 환경을 우선적으로 떠올린다. 하지만 본인은 간섭받기 싫어하면서 남의 일에 참견하기를 좋아한다는 게 문제다. 맹자는 인간의 우환은 남의 스승이 되는 것을 좋아하는 데 있다고 했다. 그러나 고양이의 경우 타자에 관한 관심이 별로 없다. 이런 특성이 다소 매몰차고 인정머리 없다 느껴지는 이유 중의 하나다. 냥이만 해도 쵸코와 밀키가 방에 들어와서 여기저기 돌아다니며 부산스럽게 해도 나와 상관없다는 투로 관심을 보이지 않는다.

어린 고양이라 하여 자신이 데리고 다닐 생각도 없고 먹을 것이 있다 하여 먹어보라고 찾지도 않는다. 혹 냥이가 뭘 먹는 중에 쫓아와서 차지하려고 밀어내도 순순히 양보하고 만다. 이런 점이 냥이가 점잖아 보이는 하나의 이유가 된다. 지금까지 여러 고양이가 거쳐 가도록 뭘 두고서 다투는 걸 보지 못했다.

귀리는 제법 자라고 있는데 고양이들이 좋아할 거라는 얘기와 달리 별로 입질을 하지 않는다. 냥이도 그렇고 꼬맹이 녀석들도 관심이 없다. 파초를 덮어놓은 짚가리 위에서 뒹굴고 노느라 생긴 피해는 고스란히 귀리가 입었다. 어렵게 올라온 싹인데 낮에 살펴보니 거의 반이나 목이 꺾여있었다.

오늘은 아침부터 큰절의 처사들이 와서 사리탑 주변과 뜰의 낙엽을 쓸어 모으는 작업을 했다. 이 낙엽은 탑전 주위의 느티나무와 활엽수들이 쏟아놓았다. 이것을 모아 큰절의 화장실로 가져가서 사용한다. 큰절의 일반인을 위한 화장실은 아직도 재래식 화장실이 있고 올라오는 길에 수세식 세 군데가 있다. 눈치가 빠른 사람은 절에 올라오기 전에 화장실에 들른다. 요즘의 젊은 사람들은 재래식 화장실을 보고 기겁을 하지만 이제는 이런 산중의 사찰이 아니면 체험하기 어렵다. 여기는 주암호의 상수원에 위치하기 때문에 수질오염을 줄이는 데 신경을 써야 한다. 화장실 입구 한쪽에 낙엽을 비치해 놓으면 볼일을 보고서 낙엽을 가져다 자기 배설물을 덮어서 다음 사람이 일을 보기에 불쾌하지 않도록 한다. 화장실 이름도 대부분 해우소다. 근심을 푸는 곳이라는 뜻이다.

일을 마칠 저녁 무렵에 나갔더니 낙엽을 담은 큰 자루가 30개는 되어 보였다. 이제 탑전의 겨울 준비는 다 되었다. 한 해가 저물어가고 있다. 이쁜이가 어디에도 자리를 잡지 못했는지 하루 한 번 아니면 이틀에 한 번 스치듯이 나타나고 있다. 쵸코와 밀키는 아직도 어미를 잊지 못해 이쁜이의 소리만 나면 순식간에 나타나는데, 새끼들이 보이면 이쁜이가 먹는 것도 포기하고 사라지기 때문에 그 타이밍을 놓치지 않고 뭐든 줄 수 있어야 한다. 그 조그맣고 예쁘던 얼굴이 점차 거칠어져 가는 것이 너무나 맘에 걸린다. 야지에서 지내는 이쁜이를 생각하면 더 큰 추위가 없기를 바라는 마음이 되지만 동지를 목전에 둔 나로서는 겨울다운 겨울에서 눈만 빠졌다는 생각을 한다.

고양이가 울 때

한 해가 저물고 있다. 이런저런 아쉬움을 떨치고 좋은 이별처럼 좋은 안녕을 보내고 싶었다. 동지이기도 했고 별식으로 만끽할 만한 게 팥죽밖에 떠오르지 않는다. 그래서 일부러 승주에 나가 팥죽을 먹었다. 여름 같으면 팥칼국수를 골랐겠지만 때가 때이니만큼 새알심을 넣은 팥죽이 좋다. 보통 쌀은 찰기에 따라 찹쌀과 멥쌀로 구분한다. 팥죽은 팥앙금과 새알심이 전부이기 때문에 팥물을 잘 내야하고 새알심의 찰기를 조절해야 한다. 인터넷에서 레시피를 찾아보니 1:1에서 1:3까지 멥쌀과 찹쌀의 비율은 일정하지 않았다.

팥죽에 얽힌 어렸을 때의 기억이 떠오른다. 초등학교 때 큰 형수님이 시집을 왔다. 형수님은 시골 일에 익숙지 않아 노모님께 자주 핀잔을 듣곤 했다. 어느 겨울의 동지였다. 팥을 삶고 새알심을 만들 때 옆에서 심부름을 하던 동생과 나는 더는 도와드릴 것이 없어 또래 아이들과 놀러 나갔다. 팥죽을 먹는다는 생각에 신이 나서 돌아오니 뭔가 분위기가 싸했다. 부엌 앞에서 노모님이 뭐라 하시는 소리만 마당으로 울려 나왔다. 사연인즉 멥쌀과 찹쌀을 빻아 함께 담아두었고, 이것을 적당한 비율로 섞어야 하는데 모두 흰 쌀가루라서 별생각 없이 찹쌀만 가지고 새알심을 빚고 말았다. 노모님은 팥이 끓고 있는 가마솥에 새알심을 쏟아 넣고 나서야 사태를 파악하고 화들짝 놀라셨다. 찹쌀이 풀처럼 풀어져 엉기는 것을 보고서 일이 잘못되었음을 알아채신 것이다. 우리 집은 큰집이어서 이런 행사를 큰 규모로 하기 때문에 함께 손을 보태던 이웃 아주머니들이 놀라 '어째야 쓸까, 어째야 쓸까' 하면서 발을 동동 굴렀다. 그 뒷일은 기억나지 않는다. 그날 이후 노모님은 팥죽만 보면 그때의 일을 떠올리며 형수님의 흉을 보았다. 그래서 알맞게 잘 만든 새알심을 보면 노모님과 형수님이 떠오른다.

또 하나 떠오르는 정경은 철새들이 남도의 벌판을 까맣게 물들이며 겨울 한 철을 보내고 떠나던 일이다. 사람들은 철새를 잡기 위해 강둑에 독약을 놓기도 했다. 독약은 빨간 열매의 속을 파내고 독약을 넣은 후에 촛농을 떨궈 마감을 한다. 형들은 이거 먹으면 죽는다, 겁을 주며 끼워주지 않아 소외감이 들기도 했다. 중학교 때의 일이다. 한 번은 뭔가 좋은 일이 있을 것 같은 꿈을 꾸었다. 그런데 곧 날이 어두워지기 시작할 시간인데도 특별한 일이 일어나지 않고 그저 밋밋하기만 했다. 나는 자전거를 타고 농로를 따라 벌판의 끝까지 달려보고 싶었다. 자전거를 타고 노래를 부르며 실강이 흐르는 벌판의 거의 끝에 다다랐을 무렵, 논 한가운데 이상한 것이 눈에 띄었다. 나는 조심스레 다가갔다. 그것은 죽어있는 철새였다. 그것도 한 마리가 아니고 네 마리나 되었다. 새를 들었더니 새의 목에서 발까지의 길이가 내 키와 비슷할 정도로 컸다. 그 네 마리의 새를 자전거에 실어 묶었다. 앞바퀴가 들려 휘청휘청할 정도로 무거워서 운전을 하기가 어려웠다. 집에 돌아와 마당에 철새 네 마리를 펼쳐놓았더니 식구들이 깜짝 놀랐다. 다들 신기해 하는 틈에서 노모님만큼은 대수롭지 않다는 투로 말씀하셨다.

"아가, 이런 새는 살도 없고 질겨서 못 먹는다. 또 독약을 먹고 죽은 것이라 잘못하면 큰일 난다."

노모님은 어떻게 저런 것을 다 아실까 싶었는데 상식적으로 생각해도 답이 나온다. 죽은 새는 병이 아니면 독약을 먹은 것이니 이로울 게 없다. 그러면서도 이왕 가져온 것이니 한 번 먹어보자고 했다. 노모님은 새의 내장을 모두 제거하고 거의 하루 종일 끓였다. 더 이상의 기억이 이어지지 않는 것은 입이 짧은 나는 먹어볼 생각 자체가 없었기 때문일지도 모른다.

파초가 얼지 않도록 덮어주고 낙엽을 모두 거둬간 터라 한 해를 보내는 마음이 한결 홀가분해졌다. 이때쯤이면 철새들이 차가운 밤하늘을 날아다니며 우는 소리를 산중에서도 들을 수 있었는데 무슨 일인지 올해는 듣지 못하고 있다. 때가 되면 있어야 할 것이 있어야 한다. 있어야 할 것이 있지 않으면 자연은 뭔가 불안정하다는 소식이다. 이 불안정은 기다리는 사람을 걱정스럽게 만든다. 사물은 균형을 잃으면 소리가 난다. 아기는 자신이 원하는 게 있으면 소리 내어 울어서 해결한다. 동물의 경우도 크게 다르지 않아서 아주 위급한 상황을 알리는 것이 아니라면 대부분 먹을 것을 원할 때 소리 내어 운다. 다만

같이 지내기 시작한 지 벌써 다섯 해에 접어든 탑전의 냥이와
는 서로의 패턴을 이해하고 있어서 굳이 울지 않아도 먹을 수
있고 방해받지 않고 깊은 잠을 잘 수도 있다.

　　내가 냥이와 뜻밖에도 오랜 시간을 함께 잘 지낼 수 있
는 이유는 간단하다. 냥이의 존재가 방해라고 느껴지지 않았
기 때문이다. 나는 냥이를 절대 존중한다. 이 친구가 뭘 원하는
지 경청하는 마음을 갖추고 나니 더 많이 이해되었다. 물론 냥
이도 나를 수순하며 필요 이상으로 많은 것을 요구하지 않았
다. 어쩌면 이런 상대에 대한 절제의 자세가 공존을 어렵지 않
게 해줬을 것이다. 그것은 냥이뿐만이 아니고 탑전에서 지내본
다른 고양이들도 다르지 않았다. 나는 고양이의 이런 은근하
고 조심성 있는 자세가 맘에 든다. 고양이들은 자기가 원하는
것을 행동이나 소리로 표현을 한다. 그래서 고양이들과 잘 지
내려면 왜 우는지 관심을 가지고 들을 수 있는 귀가 가장 필요
하다.

　　서울에 많은 눈이 왔고 목포에도 광주에도 눈이 왔다.
이곳은 흐린 날의 연속이어서 금방이라도 눈발이 날릴 것만 같
은데 아직 눈은 내리지 않고 있다. 백설이야 있건 없건 한 해가
저물어가고 있다. 최근 읽은 책에 따르면 인디언의 감정적 특
징은 같은 인간에 대한 적개심을 마음에 담아두지 않는다고
한다. 왜 그럴까. 적개심은 또 다른 적개심을 불러오기 때문이

다. 삶이 일회적이라면 그렇게 고민하며 살지 않아도 된다. 그러나 삶은 계속되고 내 뒤를 이어갈 사람이 앞서 뿌린 인과의 결실을 받아든다. 인디언들의 말에 욕설이 없는 이유도 바로 이런 이치에 기인한다. 미움으로 가득한 마음은 만족을 모른다. 미움은 자신을 기름으로 삼아 자신을 태우는 자기 파멸의 불길이다. 지금의 세태는 말이 넘쳐나고 남에 대해 공격적이고 자극적인 말들은 거침없이 쏟아내고 있다. 그래서 상처받은 사람은 해명할 길이 없어 스스로 목숨을 끊기도 한다. 왜 우리는 남에 대해 예의 있게 대하지 못할까. 조급함은 그의 거울이고 그의 탐욕이고 그의 두려움이다. 그리고 자신의 기질 때문에 느긋하게 처신하지 못한다. 좋은 삶을 꿈꾼다면 반드시 극복해야 할 문제다.

이 겨울이 어떻게 지나갈지 예단할 수 없다. 저녁 공양 후에는 냥이와 함께 사리탑 주변을 걷고 해가 지는 것을 바라보며 시간을 보낸다. 전에는 이쁜이도 같이 있었는데 이제는 쵸코와 밀키가 같이 올라와 한쪽에서 장난을 치며 논다. 누가 가르쳐준 일도 아닌데 똑같은 행동을 한다. 이쁜이는 불규칙하게 나타났다. 오늘은 저녁 시간에 나타나 통조림을 먹고 갔다. 불과 며칠 사이에 왜 그렇게 배가 홀쭉해져 나타났는지…. 이제 본격적인 겨울 추위가 들이칠 텐데 어떻게 겨울을 날지, 다시 건강하게 함께 봄을 맞을 수 있을지 확신이 없다. 쵸코와 밀키는 해피하게 거뜬히 겨울을 나겠지. 나는 이 눈물겨운 녀석들의 겨울을 지켜봐야 한다. 또한 이 생명들을 무탈하게 봄바람에게 넘겨줄 수 있기를 염원한다.

삶은 계속되고

내 뒤를 이어갈 사람이

앞서 뿌린 인과의

결실을 받아든다.

사랑은 사라져도 친절은 남는다

눈을 동반한 연말의 한파는 해가 바뀌고도 수그러들지 않는다. 한번 떨어진 기온이 다시 회복되지 못한 상태에서 내린 눈이라 잘 녹지도 않았고, 이미 내린 눈 위에 하얀 눈이 다시 쌓여 모처럼 풍성한 백설 천지가 되었다. 해가 갈수록 이렇게 여러 날 눈이 내리기도 어렵고 영하의 차가운 기온이 오래 지속되지도 않는다. 발목이 묻히도록 산길에 눈이 쌓인 게 얼마 만인지. 그래서인지 눈이 아깝다는 생각이 들었다. 눈과 비는 밖에서 보는 것보다 방 안에 앉아 지긋이 눈을 감고 머릿속으로 그릴 때 더 깊은 울림을 주기도 한다. 눈 내리는 가운데 한 해를 보내고 새로 한 해를 맞는 것이어서 그랬을까. 산중의 조용한 정적 속에서도 톱니바퀴가 맞물려 돌아가듯 세계가 움직이는 소리가 희미하게나마 들려왔다.

사람은 인생에서 한 번쯤은 아무도 가려 하지 않는 외진 곳으로 들어가 단단하면서도 어느 정도는 지루하기까지 한 고독과 절망을 경험해야 한다. 우리가 의존하는 것은 결국 우리 자신일 수밖에 없다는 쓰라린 깨달음을 발견하고서야 자기 자신의 진실, 잠자고 있는 능력을 감지할 수 있다. 차가워도 차갑지 않아도 진실은 이곳에 있고 마음은 쉽게 변하지 않는다. 마음은 이 완고함이 문제다. 마음을 부드럽게 풀무질할 수 있는 것은 독서만 한 게 없다. 독서라는 용광로가 아니면 완고한 마음을 녹여내기 어렵다.

서울에서 보낸 근 15년간 모은 책은 모두 서울 절의 서재에 있어서 아직 옮겨오지 못하고 있다. 탑전에 있는 책들은 내가 30대 때 십 년 동안에 봤던 책들이고, 이곳에 내려온 뒤 5년간 읽으며 쌓인 책이 섞여 있다. 남에게 주기도 하면서 많이 없애기는 했지만 아직 남아있는 책들은 그 시절 십 년간의 삶의 고민과 사색이 고스란히 담겨있다. 어떤 책의 어떤 페이지를 펼쳐도 볼펜으로 그어진 밑줄 속에서 살아 숨 쉬고 있다. 책꽂이 앞에 선 채로 책장에 기대어 책을 펼쳐보면 밑줄 그은 부분이 눈에 들어온다. 그 밑줄을 그을 때 무슨 생각으로 그었을까 생각해보면 과거와 나는 변한 게 없기도 하고 간극이 많이 벌어진 것도 있다. '내가 그 시절에 이런 책을 만나지 못했으면 어떤 인간이 되어 있을까?'

　　시간은 아직도 한 해가 저물기까지 하루 하고도 반이 남았다. 눈이 내리기 시작한 것은 이때였다. 마음이 즐거워서인지 밖에 서 있어도 춥다기보다는 시원하고 상쾌한 기분만 들었다. 날이 저물면서 세찬 바람과 함께 눈발이 날리면서 창문 벽의 바닥에 놓인 냥이의 스크래쳐와 간식 통에도 눈발이 쌓이기 시작했다. 스크래쳐는 종이라서 눈이 녹으면 젖어서 눅눅해지기 때문에 눈이 들이치지 않는 층계 밑으로 옮기고, 사료 그릇과 통조림도 얼지 않도록 통로의 안쪽으로 들여놓았다. 냥이는 춥지도 않은지 밖을 자주 들락거렸다. 그때마다 냥이의 등에는 하얀 눈이 얹어져 있어서 그것을 보면서 눈이 얼마나 오고 있는지 가늠이 되었다. 쵸코와 밀키는 태어나서 처음 만나는 눈이다. 이 녀석들에게는 이 눈이 어떻게 보일까. 둘은 밤이 깊도록 추위도 모르고 파초를 덮은 짚가리 위에서 뒹굴며 신나게 놀았다. 호랑이가 움직이면 바람이 인다는 말이 있다. 고양이과 동물의 본성이 바람에 본능적으로 반응하는 것이라면 바람에 실려 흩날리는 눈발이 이 동물에게는 바람 그 자체로 느껴질 수도 있겠다. 냥이는 눈발에 흥분할 정도로 어리지는 않아서 평소와 크게 다르지 않게 눈을 맞이했다.

걱정은 이쁘다. 쵸코와 밀키가 태어난 지 석 달이 지나는 어느 순간부터 생이별을 감행했던 녀석이다. 이쁜이는 자기가 머물던 공간을 새끼들에게 물려주고 다시는 실내로 발길을 하지 않았다. 풍찬노숙에 들어간 것이다. 고양이는 배가 크지도 않거니와 한 번에 많이 먹기보다는 조금씩 자주 먹는 것을 선호하는 듯하다. 이쁜이는 나의 행동 패턴을 꿰뚫고 있어서 내가 움직이는 시간에 맞춰 근처에 머물다가 나타났다. 그리고 가냘프게 울면 내가 먹을 것을 준다는 정도의 교감은 서로 인지하고 있다. 그런데 어느 날 볼록해졌던 이쁜이의 배가 홀쭉해졌고 엉덩이에 핏물이 배어있는 것을 알게 되었다. 이제야 이쁜이의 모든 행동이 이해되었다. 두 녀석과 야멸차게 떨어지는 일이랄지 그들이 가까이 오지 못하도록 했던 것은 새끼를 낳을 시간이 임박했기 때문이었다. 다시 배가 홀쭉해져 보였던 것은 못 먹어서가 아니라 새끼를 낳아서였다. 만약 그렇다면, 가만있자 한 번 두 번 세 번…. 생각해보니 이번이 네 번째 출산이다. "미쳤어, 미쳤어." 이 말밖에 나오지 않았다.

곧이어 나는 이쁜이가 어디에 새끼들을 두고 있는지 궁금했다. 사람이건 동물이건 속이 궁금하면 시간을 갖고 느긋하게 지켜보면 된다. 나는 이쁜이가 나타났다 사라지는 방향을 눈여겨 보았다. 고양이는 눈치가 백 단이라서 누가 자신을 지켜본다 싶으면 심히 경계하고 장소를 옮기기 때문에 조심스럽게 관찰해야 한다. 이쁜이는 사리탑 뒤의 동백나무 사이를 지나 산기슭의 바위에 올라섰다. 그런 후 주위를 살피고는 바위 뒤편으로 사라졌다. 이제 이쁜이가 없는 틈을 타 주변을 뒤져보면 알 일이다. 그렇게 하루 이틀 뜸을 들인 후에 이쁜이가 탑전 다리 쪽으로 가는 것을 확인하고는 서둘러 올라갔다. 바위는 크지 않았고 뒷면의 흙이 맞닿는 지점에 구덩이처럼 홈이 파여 있었다. 안이 잘 보이지 않아 핸드폰의 라이트를 켜서 살펴보니 낙엽이 두툼히 깔린 바닥 위에 새끼 세 마리가 꾸물거리는 것이 눈에 들어왔다. 새끼들은 신음하듯 작은 소리를 냈다. 숨이 그 정도 터졌으면 쉽게 죽지는 않는다.

그때가 12월로 접어든 시점이라 가을은 이미 막을 내렸고 하루가 다르게 기온이 내려가며 겨울 추위가 엄습하는 시기이기도 했다. 나는 이쁜이가 방해받지 않도록 통조림과 간식을 바위 앞의 평평한 돌 위에 놓아주면서 새끼들이 잘 자라기를 바랐다. 이쁜이는 날이 점점 추워지자 새끼들을 아래채의 보일러실로 옮겼다가 다시 돌무더기 틈으로 옮겼다. 보일러를 고친다고 사람들이 들락거려 불안했기 때문이다. 그 와중에 연말의 눈과 추위가 왔다. 내 방에서 나와 계단에 올라서면 마당 건너 축대 위의 큰 느티나무 아래 돌무더기가 바로 보인다. 잠자리에 들기 전 추위와 어둠이 삼키고 있는 땅속에서 이쁜이가 새끼들과 함께 떨고 있을 것을 생각하면 더없이 심란했다. 연말의 한파는 통조림을 얼릴 정도로 매서웠다. 저러다 새끼들을 죄다 죽이고 말 거라는 생각이 들면서도 먹을 것을 챙겨주는 외에는 딱히 내가 할 수 있는 일은 없었다.

"이쁜이, 추운 데 있지 말고 보일러실로 오면 안 돼? 얼른 새끼들 데리고 따뜻한 곳으로 옮기면 좋겠어."

이쁜이가 쵸코와 밀키를 피해 통조림을 먹는 동안 옆에 쪼그리고 앉아 설득했다. 위채의 보일러실은 매번 이쁜이가 새끼들을 기른 익숙한 곳이지만 한 번은 인부들이 수리를 시작하면서 쫓겨난 기억이 있어서인지 도통 그곳으로 들어가려 하지 않는다. 하지만 지금 상태에서는 가장 안전한 곳이다. 내 말이 헛되지 않으리라는 기대가 있어서 그곳으로 옮기기를 바랐다.

눈은 연말 연초 동안 사흘을 연속으로 내렸다. 암자로

통하는 길은 사람들의 발자국이 찍혀 있지만 숲으로 들어가면 짐승들의 흔적 외에는 흐트러짐이 없어서인지 눈밭은 신성할 정도로 맑은 기운을 품고 있었다. 나는 눈이 내리는 여러 날 동안 일부러 산의 깊은 곳까지 갈고 다니면서도 지칠 줄을 몰랐다. 마침 밑창을 바꾼 등산화의 착지감도 만족스러웠다. 춥지 않냐고, 눈 속에 위험하게 산에 다니냐고들 걱정을 했다. 남도의 눈 내리는 겨울을 기대하기 어려운 세상이라서 더 많이 눈을 밟고 싶은 나는 그럴 때마다 이렇게 답했다.

"눈이 아깝잖아요."

눈산에 있으면 영혼의 정결함도 얻어진다. 이쁜이를 향한 마음이 통했던지 신년의 연휴가 끝나는 주말에 거짓말처럼 이쁜이는 새끼들을 위채의 따뜻한 보일러실로 옮겼다. 그래서 아침에 먹을 것을 달라고 울 때 당당하게 굴었는지도 모른다. 잘했어, 아주 잘한 거야. 나는 아침부터 오후까지 세상모르고 잠에 빠져 지내는 냥이를 일부러 깨워 빅뉴스를 알렸다.

"냥이, 글쎄 이쁜이가 새끼들을 보일러실로 옮겼다니까!"

냥이가 무슨 말을 하겠는가. 사랑은 사라져도 친절은 남는다지. 열띤 사랑보다 배려하고 경청해주는 마음이 더 크다는 말일 게다. 나는 냥이의 무덤덤한 표정이 더욱 사랑스럽기만 했다.

사람은

인생에서 한 번쯤은

고독과 절망을

경험해야 한다.

두 해가 한 봄 속에 있다

이쁜이가 떠났다. 입춘을 지나면서 코끝에 닿는 공기가 달콤해졌다. 해는 동지를 기점으로 점점 길어지기 시작해 이젠 오후 6시가 넘어도 날이 어두워지지 않는다. 겨울 동안의 차가운 기운이 물러가고 점점 따뜻한 방향으로 날씨가 풀리고 있다. 그 변곡점이 입춘이고, 공기가 달라졌음을 확연히 느끼게 되는 시점이 지금이기도 하다. 그래서 아직 진행 중인 겨울은 안중에 없고 곧 펼쳐지게 될 봄의 화사함이 몸과 마음을 들뜨게 한다.

봄을 직접적으로 느끼는 것 중의 하나는 사하촌의 사람들이 산중의 계곡을 따라 고로쇠나무의 수액을 받기 위해 하얀 비닐 주머니를 나무에 달아놓은 것을 알게 되는 때이다. 내가 산행을 다니는 길의 중간에 만나게 되는 계곡 비탈에 서 있는 고로쇠나무라고 해봐야 몇 그루 되지도 않지만 이 시기가 되면 아랫마을에서 일부러 올라와 수액을 받아 간다. 그들은 나무에 드릴로 구멍을 뚫고 고무호스를 박아 수액이 기다란 비닐 주머니로 들어가게 한다. 수액은 링거처럼 방울방울 떨어지지만 밤사이 몇 리터는 될 정도로 많은 양이 모인다. 요즘은 남도의 골짜기마다 아예 이 나무를 조림하듯 심어서 가느다란 호스로 나무들을 연결하여 마을의 대형수조에 받기 때문에 나름 대량생산이 가능해져 그만큼 고로쇠 수액도 흔한 것이 되었다. 고로쇠 수액은 당도가 있어서 달콤하면서 나무 자체의 향기가 있다. 이 나무는 단풍나무과에 속하는 것이라 수액이 많다. 봄이 가까워져 오면 나무가 뿌리로 '옥신'이라는 물질을 보낸다. 그러면 나무는 날이 풀렸구나 하고는 땅속의 뿌리에서부터 수액을 밀어 올린다. 이때 사람들이 나무의 수관에 관을 꽂아 수액을 뽑아낸다. 그래서 법정 스님은 이 물을 좋아하지 않으셨다.

올겨울은 겨울답게 날도 추웠고 눈도 여러 번 왔다. 근래에 드문 일이었다. 나는 이 겨울에 안고 지나야 할 숙제가 있다. 이제는 새끼 티를 벗고 마지막 생장의 힘을 쏟아내고 있는 쵸코와 밀키, 이쁜이의 백일도 지나지 않은 새끼 세 마리, 그리고 냥이와 이쁜이까지 봄의 정령에게 넘겨주는 것이다. 봄 햇살의 아지랑이가 피어오르는 언덕이라면 안전하게 살아가겠지. 그런 기대를 안고 입춘을 넘어섰으니 생명의 환희는 당연하고도 고맙게 여겨졌다. 문제는 다름 아닌 순환의 적체였다. 지금까지는 이쁜이가 위채의 보일러실에서 새끼들과 함께 두 달 가량을 지내다가 점차 행동반경을 넓혀가면서 큰절까지를 포함한 주변을 다니면서 자신이 살아갈 세계의 크기와 성격을 가늠하는 시기를 지난다. 그와 동시에 밤이면 내 옛 방에 들어가 잠을 자고는 아침이 밝기도 전에 흔적도 없이 사라지기를 반복한다.

나는 잠깐의 이 시기를 야지 고양이들이 사람이 사는 방에 살아보는 체험으로 생각하여 방해하지 않는다. 이 인연이 더 좋은 인연으로 승화되기를 바라는 마음이 있어서다. 그런데 쵸코와 밀키는 온전히 겨울 석 달을 방을 떠나지 않고 지냈다. "작은 책에도 제 운명이 있다(Habent Sua Fata Libelli)"라고 한 사람은 3세기 로마의 희극작가인 티렌티아누스 마우루스다. 만물은 고유한 특색이 있다. 그 특색 자체가 인간에게는 성격이 된다. 하지만 이 성격은 동물에게도 확대해서 생각하지 못할 이유가 없다. 자식을 여럿 길러보거나 학생들을 가르쳐보면 알겠지만 어쩔 수 없이 우열이 드러나고 성격도 참 많이 다르다는 것이 눈에 들어온다.

　　나는 사람의 육아는 알지 못하지만 고양이를 지켜보면서 깨달은 바가 적지 않다. 역시 눈여겨보는 것은 성격이다. 이쁜이는 사람으로 치면 굉장히 예민하다는 것을 알 수 있다. 생김새도 그렇고 행동도 그렇다. 예민한 사람과 함께 있으면 무던한 성격의 옆 사람도 조심스러워진다. 그래서 이쁜이에 대해서는 뭐든 익숙한 패턴을 어기지 않고 보살피려 한다. 야지에서 태어난 고양이는 사람과 친해질 시기를 놓치면 결코 손에 들어오지 않는다. 내가 지금까지 거의 스무 마리 정도 되는 고양이가 태어나 떠나는 광경을 지켜보았지만 그나마 손으로 쓰다듬으면 사료를 먹는 뜰의 바닥에 누워서 머리나 배를 만지도록 허락한 유일한 녀석이 이쁜이였다. 그런데 유독 이쁜이의 세 번째 새끼인 쵸코만이 적극적으로 안겼다. 물론 안긴다고

해봐야 간식이 든 손에 머리를 부비거나 다리 틈으로 몸을 쓸
며 뱅뱅 도는 정도다. 쵸코는 이런 성격 덕분에 자주 귓속을 물
티슈로 닦아줄 수가 있었다. 그래도 쵸코와 밀키가 어느 시점
에는 자연으로 떠나가야 한다고 생각한다. 지금까지 모두 그
랬으니까. 그런데 두 녀석은 인간의 따뜻한 방에서 지낼 수 있
어서인지 굳이 추운 겨울 야지로 떠날 생각을 하지 않았다.

이쁜이는 백일도 되지 않은 새끼들을 사람을 피해 위채
의 보일러실에서 바위틈으로, 아니면 내가 알지 못하는 어떤
곳으로 옮겨 며칠을 지내다가 기온이 내려가면 보일러실로 들
어오기를 반복하며 지냈다. 이쁜이는 내가 아침저녁으로 위채
에 사료와 통조림에 간식까지 들고 올라가는 시간에 맞춰 기
다릴 정도로 타이밍이 정확했고, 하루 어느 때라도 방 앞까지
내려와 먹을 것을 달라고 가느다란 목소리로 나를 찾기도 했
다. 그러면서 처음에는 쵸코와 밀키를 보면 경계를 하더니 점
차 밋밋하게 마주치면서도 자신이 지냈던 옛 방을 기웃거리기
도 하고 뜰을 서성거리기도 했다. 나는 이 행동이 어린 새끼들
이 아래로 내려올 여지를 살피는 것이라고 이해했다. 하지만
태연하게 알박기로 버티는 바에야 이번에 태어난 새끼 세 마
리는 안락한 방을 거치지 못하고 야지로 나가게 될 운명이었
다. 그렇다고 내가 개입할 여지는 없었다. 내가 방문을 열거나
밖에서 들어오는 소리만 나면 달리기 선수처럼 통로를 뛰어오

는 두 녀석을 보면 더더욱 인연에 맡기는 수밖에 없었다. 안이 건 밖이건 무사히 겨울을 난다면 피차 어디서건 살아가지 못하랴. 겨울 석 달이라고 해봐야 연말에 연초를 보내고 1월까지 지나니 벌써 2월이네 하면서 적당한 긴장감 속에 무탈하게 봄을 맞을 수 있으리라는 기대를 했다. 그런데 이 조용한 나와 냥이들의 세계에 틈이 벌어지기 시작했다. 밤하늘에 반짝이는 수많은 행성이 자신의 궤도를 지키지만 간혹 별똥별처럼 질서를 이탈하는 별이 나오기도 한다. 그것이 죽음인지 또 다른 생존인지 나는 알지 못한다. 이 고요하면서도 팽팽한 균열은 또 이쁜이가 가져왔다.

입춘에 설을 지나고 산중의 정초칠일기도 입재를 하는 초사흘의 아침이었다. 이쁜이에게 줄 간식을 들고 올라가니 전날에 놓아둔 간식과 사료 그릇을 봉긋하게 채우고 있는 알갱이들이 하나도 흐트러짐이 없이 간밤에 놓인 그대로 있었다. 순간 얼굴이 확 달아올랐다. 이 시간에 맞춰 내 발소리가 들리면 모퉁이를 돌기도 전에 울음소리를 내던 이쁜이는 더는 그 자리에 있지 않았다. 나는 새끼들이 지내고 있는 보일러실의 문을 열어보았다. 그 안에는 어린 고양이들을 위한 사료와 함께 분유를 타서 놓는 그릇이 나란히 있는데 그 그릇들 역시 입을 댄 흔적이 보이지 않았다. 전날 저녁에 계곡의 기슭을 울며 올라가던 새끼들을 보면서 '제법 자랐네' 하며 즐거워했었는데

어디로 간 것일까. 하루 이틀, 며칠을 지나며 기다려도 이쁜이
는 나타나지 않았다. 밤중이나 아침에 보일러실에 가 보면 어
떤 날은 한 녀석, 어떤 날은 두 녀석이 보이기도 했지만 세 마리
가 함께 있지는 않았다. 결국 이쁜이가 떠나는 것으로 결정된
듯했다.

　　사람들은 야지의 고양이를 보면서 저리 가라고 소리를
지르거나 보기 싫다고 미워하기도 한다. 하지만 꼭 그럴 필요
는 없다. 고양이는 누가 자신을 싫어하면 왜 진작 얘기하지 그
랬어, 하며 뒤도 돌아보지 않고 떠나는 동물이다. 이 지나칠 정
도로 예민하고 자존심 강한 동물에게 가혹하게 대하지 말라.
두 번 세 번까지 눈치 주지 않아도 고양이는 알아차리고 떠난
다. 그렇게 떠난 길이라면 두 번 다시 자신을 반겨주지 않는 공
간으로의 BACK은 없다고 봐도 된다. 이 예민하고 영민한 동
물이 떠난 자리는 인간의 심장에도 구멍을 만든다. 시간이 흐
르면 절대 메워지지 않을 것 같은 빈자리에 새살이 돋아나며
치유가 되긴 하지만 그래도 기억은 오래간다. 좋은 이별이 별
다른 게 아니다. 아픈 미소 속에 손 흔들며 안녕을 말하는 것
으로도 이별의 아픔은 벌써 치유를 시작한다. 사랑하는 동물
과 이별을 말할 수 없다는 것이 아픔이라면 아픔이고 고통이
라면 고통이다.

　　입춘이 지나도 겨울이 끝난 건 아니어서 기습적인 한파

는 언제든 있다. 이쁜이가 돌아오지 않은 지 닷새가 되는 날부
터 겨울 추위를 되돌리기라도 할 듯이 거친 바람과 함께 눈발
이 날렸다. 갑작스러운 추위에 놀랐는지 새끼 중의 두 마리가
보일러실에 들락거리기는 했지만 예민한 이쁜이는 어디로 간
것인지···. 며칠째 밖에 잘 나가지도 않고 방 깊은 곳에 박혀서
줄곧 잠만 자는 냥이가 좀 이상하다 싶었다. 그래서 잠깐 깨
어 사료를 먹기 위해 걸어 나오는 녀석을 붙들고 빗질을 하면
서 살펴보니 왼발의 중간 발톱 부위가 부어 있었다. 그러면 그
렇지. 동물은 어디를 다치면 장시간 잠을 자면서 치유하는 듯
했다. 그래서 이상하다 싶은 정도로 여러 날 깊은 잠을 잘 때면
몸이 편치 않음을 알게 되었다. 지금의 나는 냥이보다도 길을
떠난 이쁜이 생각을 떨쳐버릴 수 없다.

이쁜이, 우리 다시 이 도량에서 만날 수 있는 거지?

닫는 글

우리에게 주어진 시간

언제였던가. 눈 대신 비가 내리던 연말의 새벽이었다. 빗소리에 잠에서 깬 나는 덜그럭거리는 창문을 닫기 위해 몸을 일으켜 앉았다. 그러다 침상 아래로 시선이 갔는데 비가 차가웠던지 냥이가 들어와 나를 올려다보고 있었다.

"냥이가 있었네!"

잠결에도 냥이를 보고 반가워서 인사를 건네고는 창문을 닫고는 다시 침상에 앉았다. 냥이는 침상 모서리에 목을 기대고는 잠이 들 듯 말 듯 눈을 가늘게 뜨고 있었다. 순간 머리를 스쳐 가는 생각은 행복에 대한 의문이었다. 그리스 델피의 아폴론 신전에 새겨져 있다는 '너 자신을 알라'라는 말의 의미는 여러 가지로 풀이가 가능한데, 본래의 뜻은 신과 대비하여 유한한 삶을 살아가는 인간의 한계에 대한 성찰이라고 한다. 그리스 신화적인 입장에 따르면 우리의 운명은 '할당'된 것이다. Moirai(모이라이)라는 운명의 세 여신 이야기가 있다. 클로토는 실을 잣고, 라케시스는 실을 감고, 아트로포스는 실을 끊는다. 실타래에 감긴 실의 길이가 우리에게 할당된 운명의 시간이다. 나이가 들면 어렴풋이나마 이해할 수 있는 것은 이제 좋은 시절은 다 끝났다는 삶의 아쉬움이다. 내가 냥이를 내려다보면서 일순간에 깨달은 것은 시간이 문제이지 행복이 문제는 아니라는 존재의 본질적인 회의였다.

이곳에는 냥이 말고도 큰절에서 넘어오는 고양이들이

있다. 탑전의 냥이가 수고양이라서 영역 다툼을 하느라 다른 수고양이들은 자리를 잡지 못하지만 암고양이들은 눌러앉기도 한다. 고양이는 생후 6개월만 지나도 새끼를 가질 수 있고 일 년에 몇 차례도 낳을 수 있다. 그렇게 자리 잡은 녀석들이 있고 여기서 태어난 고양이들도 있다. 특히 기억에 남는 고양이는 이쁜이와 주니어 이쁜이다. 각각 세 번, 네 번씩 새끼들을 낳았다. 지켜본 바로는 생후 석 달 무렵까지가 장난이 심하고 더 자라면 훌쩍 떠나버린다. 그렇게도 예쁘게 자란 녀석들이 어느 날 갑자기 사라져서 돌아오지 않을 때면 매번 상처를 받는다. 그래서 고양이들이 자라기 시작하면 누가 남고 누가 떠날지 점을 찍고 지켜보지만 잘 맞추지는 못한다.

이쁜이를 시작으로 이어진 고양이들의 계보가 밀키를 마지막으로 하여 종말을 맞았다. 밀키는 최근에 탑전을 떠났는데, 나는 그 사실이 못내 아쉽고 슬프다. 지금은 난데없이 흘러들어 와서 민들레라고 이름 짓고 그냥 민이라고 부르는 녀석이 두 번째 새끼를 낳으려고 하는 즈음이다. 야지의 고양이는 죽기도 잘 죽는다. 아침까지도 명랑하던 녀석이 마루 밑이나 보일러실에 죽어있기 일쑤였다. 내가 고양이들을 지켜보면서 '인생은 행복이 다가 아니다'라는 성찰을 하게 된 이유도 대단히 짧은 주기의 생을 살다 가는 것을 지켜보았기 때문이다. 그래서 전에는 사람들을 만나면 행복하게 살라는 말을 입에 달듯이 했는데 이제는 그렇게 쉽게 말할 수 없는 노릇이었다. 인생의 덧없음을 알고도 행복을 찾겠다고 한다면야 딱히 드릴 말씀이 없지만 조금이라도 진지하게 삶의 본질을 생각한다면 유한한 시간을 이해하는 안목을 기르는 것이 더 타당해보이기 때문이다. 이 깨달음이 내가 야지의 고양이들을 돌봐준 공덕이라면 공덕이다.

과일이 우리 마음을 가장 기쁘게 하는 때는 그 계절이 지나갈 무렵이고 젊음이 가장 아름다울 때는 그것이 끝날 무렵이라지. 고대의 지혜는 해야 할 것과 피해야 할 것을 가장 중요하게 생각하고 가르쳤다. 사람은 나이를 먹는 것이 아니라 오크통 속의 와인처럼 익어가는 것으로 받아들인다면, 이 나이에 이르러서야 삶이 조금 이해될 것 같은 기분이 든다. 내가 생각하는 바람직한 노년의 삶은 철학자나 현자처럼 사는 것이다. 인생의 사색자가 되어 지난 삶을 반조하고 조용히 용서를 구하며 다른 사람들의 인생을 축복해주는 인생이면 좋겠다. 그리고 삶의 자세는 존재하는 모든 것에 대해 경이로운 마음을 잃지 않는 일이다. 괴테는 "인간이 도달할 수 있는 최고의 것은 놀라워하는 것이다. 놀라워하는 것으로 만족해야 한다"라고 했다. 만나는 사람과 마주하는 일에서 경이로움을 유지하는 감각이 내가 추구하는 인생 후반부의 자세다.

냥이와 지낸 지도 어언 6년의 세월이 되었다. 큰절의 부식 창고에 드나드는 쥐들을 쫓기 위해 사하촌에서 들여왔다가 큰절에서 몇 년 지내고 서울에서 내려온 나를 만난 것이니 족히 생후 10년은 훌쩍 넘겼을 나이다. 사람의 나이로 치면 중년기가 끝나가는 시기일지도. 그래서인지 잠을 자는 시간이 점점 많아져 갈수록 지켜보는 나의 마음이 편치 않다.

냥이 1편의 주제가로 삼았던 노래는 리처드 막스의 〈Right Here Waiting〉이었고, 냥이 2편의 주제가로 여겼던 노래는 에디 시런의 〈Perfect〉였다. 한 번은 우연히 에디 시런과 앤 마리의 〈2002〉라는 노래를 들었는데 어릴 적 숲속에 버려진 머스탱 위에 올라 숨이 차도록 노래를 부르던 유년의 한때를 그리고 있었다. 내가 지금까지 본 문학적 수사 중에서 유년기를 표현한 말 중에 '숨이 차도록'만큼 탁월하다고 느낀 것은 처음이다. 유년기에는 그날의 에너지를 그날 모두 소진하려 든다. 아이들은 모든 것이 전속력이다. 그래서 아침에 눈을 뜨면 항상 새롭고 들뜬 기분이 된다. 냥이와 함께하는 나날은 말 수 없는 사람과 지내듯 침묵에 가까운 시간이지만 훗날 돌아보면 모든 순간순간이 숨이 차도록 가슴 벅찬 일로 기억될 듯하다.

이제 더 이상의 냥이 이야기는 없을 것이라고는 말하지 않으려고 한다. 봄 여름 가을 겨울이야 계속되는 것이고, 우리가 무엇으로 존재하든 이야기는 또다시 만들어질 테니까!

봄 여름 가을 겨울
다시 봄,

내가 이 계절을 좋아하는 건
늘 새롭기 때문이에요.

잔뜩 웅크리는 건 더 멀리 도약하기 위해서예요.

고양이가 주는 행복
기쁘게 유쾌하게

가끔은 주위를 둘러봐요. 지금 내 곁에 누가 있는지.

내가 행복해지면 상대방도 행복해져요.
자주 행복하세요.

고양이가 주는 행복
기쁘게 유쾌하게

같아지려고 애쓰지 마세요.
서로 의지할 수 있는 것만으로도 충분해요.

계절은 다시 돌아오고 꽃은 또 피어날 거예요.

고양이가 주는 행복
기쁘게 유쾌하게

그러니 봄바람에 꽃향기가 떠가듯 유유히 살아보자는 말씀!

잠과 독서는 충만한 삶을 위한 필수품이죠.

고양이가 주는 행복
기쁘게 유쾌하게

하지만 지나칠 필요는 없어요. 뭐든 적당히, 자연스럽게!

마음은 어떻게든 전해져요.
그게 바로 마음의 신비죠.

좋은 건 아무래도 좋아요.
애써 이유를 찾으려고 마세요.

관계는 물리적 거리가 중요해요.
물론 마음의 거리가 더 중요하죠.

고양이가 주는 행복
기쁘게 유쾌하게

고양이가 주는 행복
기쁘게 유쾌하게
ⓒ 보경

2022년 5월 31일 초판 1쇄 발행
2022년 6월 27일 초판 2쇄 발행

지은이 보경
발행인 박상근(至弘) • 편집인 류지호 • 상무이사 김상기 • 편집이사 양동민
책임편집 양민호 • 편집 이상근, 김재호, 김소영, 권순범 • 그림 권윤주 • 사진 유동영
디자인 쿠담디자인 • 제작 김명환 • 마케팅 김대현, 정승채, 이선호 • 관리 윤정안
펴낸 곳 불광출판사 (03150) 서울시 종로구 우정국로 45-13, 3층
　　　　대표전화 02) 420-3200 편집부 02) 420-3300 팩시밀리 02) 420-3400
　　　　출판등록 제300-2009-130호(1979. 10. 10.)

ISBN 978-89-7479-703-4 (03810)

값 18,000원

• 이 책은 아모레퍼시픽의 아리따 글꼴을 사용하여 디자인하였습니다.